3모둠의 용의자들

초판 1쇄 펴냄 2022년 3월 21일
　　5쇄 펴냄 2023년 10월 13일

지은이 하유지

펴낸이 고영은 박미숙
펴낸곳 뜨인돌출판(주) | 출판등록 1994.10.11.(제406-251002011000185호)
주소 10881 경기도 파주시 회동길 337-9
홈페이지 www.ddstone.com | 블로그 blog.naver.com/ddstone1994
페이스북 www.facebook.com/ddstone1994 | 인스타그램 @ddstone_books
대표전화 02-337-5252 | 팩스 031-947-5868

ⓒ 2022 하유지

ISBN 978-89-5807-887-6 03810

3모둠의 용의자들

VivaVivo 49

하유지 지음

뜨인돌

차례

하나

같은 반 되기 싫은 아이

왜냐하면…

누군가 날 싫어한다는 사실을 알기에 좋은 때가 있을까?

그건 모르겠고, 나쁜 시간대는 있다. 바로 금요일 밤 9시 무렵. 학교 끝나고 학원 갔다 와서 밥 먹고 씻고 엄마 아빠가 하는 얘기 좀 들어 주고 내 방에 들어와 드디어 혼자만의 시간을 맞은 순간 말이다.

스마트폰은 나와 한 몸이니까 준비물은 또랑또랑한 눈과 밤늦도록 잠들지 않겠다는 굳센 의지뿐. 따끈따끈하고 몽글몽글한 고양이까지 베개 옆에 데려다 놓으면 완벽하다. 나는 귤이를 쓰다듬어 준 다음 폰을 쥐고 침대에 기대앉았다.

카톡의 친구 목록부터 훑는다. 바뀐 프사가 없나 살피다가 어쩔 수 없이 현서에게 눈길이 간다. 이제는 전화나 메시지로만 이야기를 나누는 현서. 중학교 입학하고 처음 사귄 친구였고 1학기 내내 단짝이었는데, 여름 방학이 끝날 무렵 다른 도시로 이사를 갔다. 부모님 사정 때문에 현서도 달리 방법이 없었다는 건 안다. 하지만 울고불고하며 전학 간 현서가 새 학교에 이렇게 금방 적응할 줄은 몰랐다.

바뀐 프사 속에서 현서는 새 친구 두 명과 함께 웃고 있다. 내가 모르는 얼굴 사이에 낀 현서가 낯설게만 보인다. 사진을 확대하니 현서 입술에서 짙은 살구빛 틴트가 반짝거린다. 헤어질 때 내가 선물로 준 틴트는 핑크였는데. 네 취향도 핑크였잖아?

2학기가 된 지 2주가 지났고, 나는 우리 반에서 현서 없이 혼자다. 왕따도 은따도 아니지만 둘씩 짝을 짓고 나서 남은 손가락 하나처럼 어정쩡한 존재다. 손가락 전체는 열 개라서 짝수지만 그건 왼손과 오른손을 합했을 때 얘기. 한 손을 주머니에 집어넣으면 손가락은 도로 다섯 개, 홀수다. 둘씩 짝지으면 결국 홀로 남는 손가락 하나처럼, 절친이 곁을 떠난 뒤의 나는 별수 없이 혼자다.

폰 위쪽에 새로운 메시지가 뜬다. 새별고민방, 줄여서 새고방이라고들 부르는 익명 단톡방이다. 새고방 방장은 새별중의 수학 선생님이자 상담실 부담당인 홍강주 선생님, 줄여서 홍쌤이다.

홍쌤은 학생들끼리 서로 고민을 털어놓고 해결해 보라는 뜻에서 방을 만들었다지만 고민보다는 잡담이 많다. 인류애를 바탕으로 한 교육 목적의 채팅방이라고 보기 어려울 만큼 온갖 잡소리가 활성화되어 있다.

- 오늘 길에서 '욕설 발견'이란 간판 발견!

- 욕 가르쳐 주는 데야?

- 다시 보니까 '욕실 발견'!

뭐, 이런 수준이지만 욕이나 뒷담화는 금지다. 그와 같은 일이 벌어지면 어디선가 홍쌤이 나타나서 주의나 경고를 날린다.

2학년만 돼도 방문이 뜸해지고 3학년들은 유치해서 못 견디겠다며 알림을 꺼 놔서 1학년만 바글대는 방. 하지만 이 방에 들어오면 몇 층 화장실의 몇 번째 칸 변기가 고장 났는지, 이번 주 국어 수행 평가는 무엇인지, 누가(익명) 누구(익명)를 좋아하는지 알 수 있다.

와글대는 잡담 틈에서 고민을 찾아보려 했는데, 오늘은 그런 분위기가 아니다. 오늘 밤, 고뇌에 찬 진지한 영혼들은 다른 방을 떠도나 보다.

　- 쉬는 시간마다 눈만 끔뻑이면서 앉아 있는 거 힘들어. 현서야, 돌아

　　와! 아니면 나도 너네 학교로 데려가!

대화 입력창에 썼다가 지운다. 현서에게 건네지 못하고 입술 끝에서만 달싹이다가 지우는 말들. 현서도 내가 준 핑크 틴트를 발랐다가 지웠을까?

한숨을 내쉬고 웹툰 정주행을 하러 가려는데, 새로운 메시지가 연달아 올라왔다.

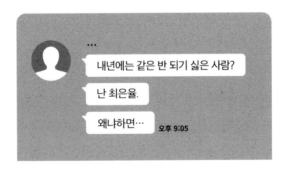

나도 모르게 벌어진 입으로 심장이 튀어나와 방바닥으로 쿵 떨어졌다가 천장으로 쿵 치고 올라갔다. 혼과 영과 넋이 달아난다.

왜냐하면…….

내가 최은율이기 때문이다!

단톡방이 조용해졌다. 닉네임 '…', 즉 '점셋'의 메시지 옆에 붙은 숫자가 빠르게 줄어든다. 소문이 퍼지는 속도다. 최은율과 같은 반이 되기 싫어하는 누군가가 새별중에 있다.

나는 홍쌤이 정의로운 돌풍처럼 달려와 점셋을 쫓아내기를 빌었다. 어서요, 선생님, 급하니까 제발 좀 빨리요! 그러나 느리다. 소식이 없다. 소문대로 연애 중이라 어디선가 불금을 즐기고 계신가 보다. 다른 메시지라도 쏟아져 점셋의 말이 묻히기를 기도했지만 새로운 메시지는 하나뿐이었다.

- 최은율이 누구야?

이보다 더 최악은 없다. 지구의 모든 하늘과 땅과 바다를 뒤져도 없다. 단톡방에 다시 침묵이 감돈다. 대답하지 마! 다들 입 다물어! 나는 창문을 뚫고 하늘로 날아올라 홍쌤을 찾아내서 이 방을 폭파하라고 협박(애원)하고 싶었다. 나에게 그런 권능이 없듯, 애들은 눈치와 예의가 없었다.

- 1학년 2반 최은율?

최악보다 더 최악이 있다면 이것이다. 우리 은하계와 이웃 은하계, 관측

가능한 전 우주를 뒤져도 새별중 1학년 2반 최은율의 금요일 밤 9시 8분이 가장 끔찍하다.

점셋이 첫 번째, 두 번째 메시지를 지우더니 방을 나갔다.

허둥대느라 그랬는지 사악한 의도가 있어서인지, 마지막에 쓴 '왜냐하면…'만이 남았다. 치우지 않은 개똥처럼, 쉬는 시간마다 자기 자리에만 앉아 있는 아이처럼. 내 무덤에 세워진 묘비 같기도 했다. 난 오늘 죽었다. 이 정도면 공개 처형이다.

폰을 묘비처럼 배 위에 세워 두 손으로 맞잡고 침대에 스르륵 미끄러져 누웠다. 천장에 붙은 내 심장을 퀭한 눈으로 올려다본다. 황당하고 어이가 없고 억울하고 세상이 무너져서 눈물도 안 나온다. 심장은 음침한 간판 불처럼 파란색과 검은색을 오가며 죽어 갔다. 1학년 2반 최은율의 기분 같다.

차라리 죽었으면, 생각하며 숨을 참았다. 심장이 몸 밖으로 나갔으니 조금만 더 기다리면 죽지 않을까.

- 난 안 그랬어!

호수가 내 죽음을 방해했다.

- 나 아닌 거 알지?

손가락 까딱일 기운도 없어서 '차라리 한호수 너라면 좋겠다' 하고 머릿속으로 답을 썼다.

전화가 온다. 안 받으니 카톡이 빗발친다. ㄱㄱㄱㄱㄱㄱ, 현관문 앞으로 나오라는 신호다. 호수와 나는 일곱 살 때부터 8년째 이웃이다. 자목련동 개나리아파트 2동 1501호와 1502호. 나는 2반이고 호수는 3반이다. 옆집에 옆 반. 우리가 같은 반이 된 적은 초등학교 4학년 때뿐이다.

폰 전원을 끄려다 말았다. 아무리 망했어도 상황 파악은 해야 한다. 새 고방에는 '누군가 방 착각하고 메시지 잘못 올린 거 같은데?' '실수인 척하는 고의로 보임' 등등 메시지가 몇 개 떴다. 각 학년 대표랍시고 나선 사람들은 최은율이 1학년에는 한 명 있고, 2학년과 3학년에는 없다고 확인을 마쳤다.

왜 난 김민서나 이서연이 아니고 최은율일까? 민서나 서연은 같은 학년에도 몇 명씩 있는데. 이러고 누워만 있다가는 죽지도 않고 머리만 터질 지경이라 겉옷을 걸쳐 입고 문을 열었다.

"어디 가게?"

냉장고 앞에서 병째 물을 마시는 진세란 씨. 우리 엄마이자, 삽화가.

"호팔이."

"호수 이름 좀 제대로 불러 줘라."

때로는 누군가가 이름을 정확하게, 제대로 불러 주는 상황이 얼마나 끔찍한지 엄마는 모른다. 나도 10분 전까지는 몰랐다.

집 밖으로 나가니 호수가 계단에 앉아 있다. 나도 그 옆에 자리를 잡았다. 꼭대기 층인 데다가 한 층에 두 집뿐이라 조용하다. 9월 중순, 초가을. 엉덩이가 차갑다. 저 아래 화단에서는 이름 모르는 풀벌레가 이름 있는 누군가의 마음처럼 울고 있겠지.

"최은율, 나는……"

호수가 입을 열었다. 최은율이라는 이름이 이렇게 듣기 싫은 적이 있었나?

"누가 너래? '내년에는'이라고 했잖아. '내년에도'가 아니라 '내년에는'."

조사 '는'과 '도'의 차이. 아닌 밤중에 국어 공부가 절로 된다.

"그럼 지금 너랑 같은 반인 애가 쓴 거겠네?"

호수가 대단한 발견이라도 한 듯 말했다.

욕설 발견, 그거 얘 아냐? 수준이 비슷한데. 새고방 닉네임은 밝히지도 말고 알아내려고도 하지 말 것. 새별중을 떠도는 불문율이다.

"방까지 나가 버린 걸 보면 착각하고 잘못 올린 거 같아."

"실수인 척 일부러 그런 걸지도 모르지. 그럼 2반이 아닐 수도 있는 거고."

나는 새고방에 올라온 메시지에 내 해석을 보탰다.

"누가 그런 짓을 해? 왜?"

"몰라. 누가, 날, 왜, 싫어하는지, 나도, 모른다고!"

말끝을 뾰족하게 깎아서 심장을 찌르는 기분으로 한 단어씩 끊어 말했다. 천장에 올라가 붙은 심장이 몸 안으로 돌아온 모양이다.

"근데 그 메시지, 말투가 좀 이상하지 않았어? 혼잣말하는 것 같은 느낌이었는데."

"그게 뭐가 중요해. 기억도 안 나."

호수의 말에 이렇게 대답했지만, 거짓말이다. 점셋의 메시지라면 새고방에 남은 한 줄뿐만 아니라 사라진 두 줄까지 사진으로 찍은 듯 선명하다. '왜냐하면…'이라고 새긴 시꺼먼 묘비가 머릿속에 떠오르자 입술이 부들거렸다.

엘리베이터가 15층에 도착하더니 민율 언니가 내린다.

"너희 왜 그래? 표정 완전 썩었는데?"

언니는 우리를 번갈아 보며 말했다.

나는 딴청을 피우면서, 아무 말도 하지 말라는 초강력 에너지를 호수에게 발사했다.

"아, 누나. 아무것도 아니고 그냥 좀요."

어색한 대사. 가만있으랬지 누가 연기하랬냐.

"호수야, 드르룽이랑 붙어 다니지 마. 바보 옮아."

"진짜 뭐래!"

나는 언니를 노려보며 작은 목소리, 큰 표정으로 말했다. 공동 주택에 사는 만큼 늦은 시각에 예의는 지켜야 한다. 그런데 나랑 한집에 사는 언니는 참 예의가 없다. 중학교 배정받자마자 타임 세일을 시작하듯 여드름을 대방출하는 나를 드르룽이라 부르며 놀린다. 그럴 때마다 엄마는 동생 이름 제대로 불러 주라며 맏딸을 타이른다. 언니 등짝이라도 후려쳐 주신다면 동생 속이 후련해질 텐데.

언니는 내가 뭐라고 하든 평온한 표정으로 현관문 비밀번호를 눌렀다. 나와 달리 피부도 매끈하고 성적도 양호한 언니.

새별고 단톡방에 '내년에 최민율이랑 같은 반 되기 싫다'는 메시지가 올라오면 어떻게 될까? 아아, 언니에게는 그런 일이 일어나지 않는다. 친구도 있을 만큼 있고 인기도 좋은 편이니까. 언니 주변에서 언니를 싫어하는 사람이라고는 나뿐이다. 고양이도 포함된다면 귤이 추가. 털 달린 푹신하고 따뜻한 애들은 가식적인 인간을 본능적으로 알아본다. 언니를 욕하는 메시지가 올라온다 해도 언니의 절친 무리가 (홍쌤과는 달리 제때)

등장해서, 무슨 일인지는 모르겠지만 우리 민율이는 그런 애가 아니라며 변호에 나서겠지.

새고방에서 최은율을 감싸 주는 사람은 없었다. 8년 이웃에 친구라는 한호수도 거기서는 한마디도 않다가 지금 와서 한다는 말이, 점셋의 말투가 이상하다는 등 자기는 아니라는 등. 한호수 혼자만 내 편을 들어 줬다면 그건 또 그 나름대로 비참했겠지만.

이 세상에서 최은율이 디디고 선 자리는 얼마나 얕고 질척거리는 웅덩이일까. 가출했다 돌아온 심장이 저리다.

"집에는 말 안 할 거야?"

"이런 걸 왜 말해? 내가 애도 아닌데."

"아줌마가 뭔가 도움 될 말을 해 주실지도 모르잖아."

"우리 엄마가 삽화가지 지혜의 여신이냐."

삽화가의 딸은 계단에서 일어났다. 젖은 수건처럼 온몸이 처지는 느낌. 낙엽 지는 시기가 다가오나 보다. 나는 밤이 길고 차가워지는 계절만 되면 울증이 돋는다. 점셋은 내 우울감에 불타오르는 낙엽을 들이부었다.

"너도 이모한테 말하지 마."

나는 호수의 엄마를 이모라고 부른다. 이모는 자목련동 최고의 반찬 가게를 운영한다. 우리 집과 호수네 집은 비슷한 시기에 개나리아파트로 이사 와서 줄곧 친하게 지냈다. 집에서 일하는 엄마는 호수를 맡고, 밖에서 일하는 이모는 우리 집 냉장고를 맡고, 그런 식으로.

사실 호수를 돌봐 준 사람은 나라고 주장하는 바다. 우리 집에서 호수랑 놀아 주고 싸워 준 건 엄마가 아니라 나거든. 그런 자격으로, 이모가 갖다주는 반찬도 내가 제일 많이 먹는다. 입 짧고 까다로운 언니는 여드름은커녕 뾰루지도 안 나는데, 잘 먹고 잘 자는 나는 어째서 여드름쟁이일까. 너무 잘 먹으니까 기름져서 그런가? 나한테서 혹시 여드름 냄새 나나? 그래서 미움받나?

"나 냄새나는지 맡아 봐. 찌든 기름 냄새, 그런 거."

호수에게 얼굴을 들이대며 말했다.

"튀김도 아니고 무슨 기름 냄새야."

내 제안을 거절한 호수는 들어가 본다며 일어났다.

열렸다가 닫히는 1502호 문을 보며 문득, 호수가 점셋이 아닐까 생각했다. 하지만 그렇다고 보기에는, '난 안 그랬어!' 하는 메시지며 타이밍이 물 흐르듯 자연스럽고도 적절했다. 지금까지 봐 온 바에 따르면 호수는 계략이나 연기에는 재능이 없다. 운동장을 뛰어다니고 스케이트보드를 타다가 넘어지고 깨지는 걸 좋아하는 애다. 내년에'는'과 같은 속임수를 쓰기에는 좀 너무 단순하달까.

한순간, 등줄기가 서늘해진다.

나 방금, 쟤 의심한 거야? 다른 사람도 아니고 호수를? 하루에 한 번씩은 학교에서든 집 앞에서든 마주치고, 주말에는 세 번이나 같이 밥을 먹기도 하는 호수를?

대체 점셋은 나에게 무슨 짓을 한 걸까.

싫다, 정말 싫다!

"은율아, 햇밤 좀 쪘는데 먹을래?"

집으로 들어가자 아빠가 말했다.

싱크대에 놓인 뜨거운 밤에서 김이 피어오른다. 엄마 주려고 삶았겠지. 엄마는 마감을 앞두고 밤을 새울 기세다.

"옆집에서 준 건데 엄청 달대."

"아빠."

"먹어도 돼. 금요일 밤엔 살 안 쪄."

"아빠는 엄마랑 다시 결혼할 거야?"

"응? 우린 이미 결혼했는데?"

"만약에 한 번 더 기회가 있다면 엄마랑 또 결혼할 거냐고. 그러니까, 음, 내년 3월쯤에."

아빠는 대답할 말을 분실했는데 언니가 참견하고 나섰다.

"정신 차려, 드르릉! 공부 못하는 거랑 정신 나가는 건 다른 문제야."

"싫다. 정말 싫어."

고개를 젓고는 언니를 밀치다시피 스치고 지나쳐서 화장실로 갔다. 아빠가 은율아, 불렀지만 문을 잠그고 세면대 앞에 선다.

눈을 가늘게 뜨고 거울을 본다. 여드름쟁이가 되고부터 생긴 버릇이다. 머리 감고서 배수구에 엉킨 머리카락을 건져 올릴 때도 눈을 가늘게 뜬다. 그러면 눈앞이 뿌예지면서 잘 안 보이니까 뭉친 머리카락이 징그럽다가도 진정이 된다. 언니는 방도 지저분하게 해 놓고 사는 애가 유난 떤다고 하지만, 각자 못 참는 영역이 있는 거다. 울긋불긋 울퉁불퉁 난리가 난 내 얼굴도 그런 영역에 속한다.

'내년에는 같은 반 되기 싫은 사람? 난 최은율.'

새고방에 올라왔다가 사라진 메시지가 떠올랐다. 나는 으으으, 괴로워

18

한다.

겉옷 주머니에서 폰이 울렸다. 새고방 알림이다. 상황을 살피기로 했으면서도 방에 들어갈 엄두가 나지 않는다. 현서에게 하소연하고 싶지만 며칠 전, 현서가 새고방에서 나갔을 때의 기분이 떠올랐다. 정말 우리 학교를 떠났구나, 더는 같은 반이 아니구나, 싶은 쓸쓸함. 현서의 새 친구들과 비교되기도 싫었다. 나는 지금 안팎으로 찌질한데, 사진 속 애들은 살구빛 틴트처럼 반짝거렸다.

폰을 변기 위에 뒤집어 놓고 거울로 시선을 돌렸다.

입과 뺨을 일그러뜨리며 못생긴 표정을 짓고는 그런 나를 바라봤다.

잘하는 것도 없고 예쁜 구석도 없는 최은율, 베프가 없어서 밥도 혼자 먹는 최은율.

어깨를 늘어뜨린다.

싫다.

최은율도 최은율이 싫다.

엘라의 제안

내 잘못, 내가 문제?

월요일 아침.

공휴일 아님, 개교기념일도 아님, 학교 가는 날임. 날씨 맑음. 주말 내내 입맛과 밥맛이 없고 잠도 설쳤는데 악몽을 꾸는 바람에 평소보다 20분이나 일찍 깼음. 이 닦고 세수하고 교복 입고 머리 빗고 비비크림 바름. 현재 위치는 소파에 벌러덩 드러누운 고양이 옆. 병이 나서 몸져눕는 것까지는 바라지도 않고, 미열이나 두통 정도는 있어야 결석할 텐데 난 너무 튼튼하다. 하긴 공개 처형을 당하고도 살아남은 몸이니까.

"모처럼 시간이 맞네. 데려다줄까?"

아빠가 안방에서 나오며 물었다.

언니는 등교했고 마감을 끝낸 엄마는 자고 있다. 발코니 창 너머로 새가 날아간다. 삶은 밤톨처럼 작아져서 새 등에 타고 먼 곳으로 떠나고 싶다. 현서가 이사 간 곳도 참 먼데.

집에서 학교까지 걸으면 20분, 마을버스로는 10분, 아빠 차를 타고 가면 7분. 텅 빈 교실에 혼자 앉아 있다가 반 아이들을 맞는 장면과 최후까지 망설이다가 북적거리는 교실에 들어가는 장면을 비교해 보았다. 둘 다 시선이 집중될 듯. 교문과 교실이 붐비는 8시 20분쯤에 스며드는 편이 낫겠다.

"걸어갈래."

"밥도 거르고, 어디 아픈 건 아니지?"

"아빠, 나 전학 가면 안 돼요?"

새고방은 메시지 알림을 꺼 놨다. 호수가 평소보다 1.3배쯤 자주 연락해서 호수도 꺼 놓고 싶었다. 온 세상 사람이 날 손가락질하면서 수군대는 느낌이라 호수 보기도 창피했다. 집으로 찾아오면 어쩌나 했는데 주말이면 축구도 하고 스케이트보드도 타야 해서 그럴 성의까지는 없는 모양이다. 내가 괴롭든 말든 이 세상은 잘만 굴러간다.

"은율아."

아빠가 놀란 얼굴로 내 옆에 앉으려다가 주춤하며 시간을 확인했다.

아빠에게 기대려던 마음이 짜고도 차게 식었다.

좀 전에 현서에게 '뭐 해?' 물어봤는데 머리가 이상하게 말라서 다시 감아야 한다고 했다. 현서 머리숱 많고 반곱슬이라 까딱하면 사자 머리 되는 거 알면서 월요일 아침 7시 43분에 말 건 내 잘못이지. 아빠 회사까지 50분 넘게 걸리고 회의에 늦으면 안 되는 거 알면서 월요일 아침 7시 56분에 전학 얘기 꺼낸 내가 나빴지.

"아무것도 아냐. 귤이야, 누나 갔다 올게."

복도로 나가 14층에 있는 엘리베이터를 부른다. 아빠가 현관문을 열고 나왔지만 나는 닫힘 버튼을 눌렀다.

아파트 단지를 빠져나가 지름길 놔두고 큰길로 나갔다. 발바닥을 붙잡고 늘어지는 중력 때문인지 발걸음이 무거웠다. 학교가 가까워질수록 뒷걸음질을 치는 느낌이다. 회사 다니기 싫어하는 아빠도 매일 아침 이런 기분일까.

현서랑 있을 때는 이렇지 않았다. 신나고 즐거웠다. 우리는 버스 정류장에서 만나 걸어서 등교했고 쉬는 시간마다 수다를 떨었고 학원에서도 같은 반이었고 주말이면 서로 옷과 화장품을 골라 주고 코인 노래방도 갔다. 그런데 현서는 우리 둘의 세상을 빠져나가 성큼성큼 뚜벅뚜벅 저만치 걸어갔고 우리 사이는 멀어졌다. 내가 바보처럼 뒷걸음질을 치니까 더 멀어진다.

교문이 보이는 자리에 넘춰 섰다.

이제 현서에게 나는 가장 친한 친구가 아닌 것만 같다. 몇 달이 지나 내년이 되어도 현서가 날 기억해 줄까. 멍텅구리처럼 생긴 내 그림자는 밟을 때마다 꿈틀거렸다. 그래, 새고방에서 당한 망신을 현서가 몰라서 차라리 다행이다.

땅만 내려다보며 걸었다. 교문을 통과하고 운동장 옆길을 지나 본관으로 들어가 계단을 올라 2층.

2반 뒷문 앞에 서서 숨을 골랐다. 급할 때면 자기만 살겠다고 내빼는 심장이 두근거린다. 여기 이렇게 영원히 서 있을 수는 없으니 들어가 앉으라고 재촉한다.

문을 연다.

나를 본 아이들이 조용해진다.

주말 동안 새고방 사건을 까먹지 않았을까 하는 가느다란 기대가 끊어졌다. 다들 아는 거다. 기억하는 거다. 앞쪽으로 가는 동안, 칠판과 벽을 뚫고 다른 세상으로 이동하고 싶다는 충동이 일었다.

"괜찮아?"

"뭐가?"

"아니, 그냥……."

나를 보자마자 괜찮으냐고 물어보는 짝이 점셋이라면? 이 교실에 점셋이 있을지도 모른다. 엄마가 가스레인지에 올려놓고 잊어버리는 찌개 냄비처럼 머리가 부글거리며 들끓었다.

"안녕, 은율아."

엘라였다.

우리 반은 말할 것도 없고 우리 학년, 전교에서도 가장 예쁜 이엘라. 얘가 무슨 일로? 나와 엘라는 인사를 주고받는 사이가 아니었다.

"나?"

"은율이는 너뿐이잖아."

웃음기 어린 목소리에 내 얼굴이 일그러졌다. 새별중에서 최은율은 1학년 2반에 한 명뿐. 엘라도 점셋의 메시지를 봤구나, 직감했다.

"잠깐 얘기 좀 할 수 있어?"

"무슨 얘기?"

"여기선 좀 그러니까 잠깐만."

엘라가 내 팔에 손을 올렸다. 체리와 라일락을 섞은 듯한 향기가 풍겨 왔다.

나는 벌써부터 기름기로 번들거리는 얼굴을 의식하며 엘라를 따라 교실 밖으로 나갔다. 복도 끝에 있는 양치실로 간다.

"시간 없으니까 요점만 말할게. 우선 이거부터."

엘라가 폰을 내밀었다. 점셋의 메시지 세 줄을 캡처한 이미지다.

온몸의 피가 말라붙는 기분. 캡처는 생각도 못 했다. 얼마나 많은 캡처가 얼마나 많은 폰에서 키득대고 있을까. 가만 안 둬, 점셋!

"누가 그랬는지 알고 싶지 않아?"

"안 궁금한데."

상해서 흐물흐물해진 자존심이지만 내세워 본다.

엘라가 진짜냐고 묻는 듯 눈을 동그랗게 떴다. 최은율이라는 음침한 배경 덕분에 더 빛나는 이엘라. 얘 옆에 있으니 나는 여드드르릉, 내년에 같은 반 되기 싫은 애일 뿐이다.

"근데…… 누군지 넌 알아?"

"딱 누군지는 모르는데, 어느 모둠인지는 알아. 우리 반이야."

"모둠? 무슨 모둠?"

"안 궁금하다면서 하나씩 다 물어보네?"

엘라가 나를 부드러운 목소리로 탓했다. 그러자 마법처럼 나 자신이 엉큼하고 뻔뻔하게 느껴졌다. 마법은 공주나 걸리지, 지나가는 사람 3의 뒷집 이웃 같은 나한테는 해당 사항 없을 텐데. 엘라의 별명은 엘라 공주였다.

"국어 모둠이야. 모둠 단톡방에 쓸 말이었나 봐."

지난주 화요일, 국어 선생님은 1분 영화의 대본 쓰기라는 학습 활동을 모둠별로 진행한다며 네다섯 명씩 묶어 줬고, 같은 모둠이 된 애들은 의견을 교환하는 단톡방을 만들었다. 누군가 그 모둠방에 올릴 메시지를 새고방에 잘못 올렸다는 얘기였다.

"몇 모둠인지 그걸 네가 어떻게 알아?"

"난 알아."

엘라가 싱긋 웃자 나는 바보처럼 설득당해서 고개까지 끄덕일 뻔했다. 엘라라면 알고도 남을 것 같았다. 엘라의 영향력은 햇살처럼 우리 반 구석구석에 미친다. 엘라는 원한다면 어떤 정보든 얻을 뿐만 아니라 누구하고든 친해진다. 그렇게 번거로운 일을 애가 좀처럼 원하지 않을 뿐.

"부탁 하나만 들어주면 몇 모둠인지 말해 줄게."

"부탁?"

"너, 3반 한호수하고 친하지?"

"아, 한호팔. 그냥 아는 애야."

초등학교 5학년 때 호수와 내가 사귄다는 소문이 퍼져 미칠 뻔했던 다음부터 나는 호수와 절대 같이 등하교하지 않았고 학교에서도 호수한테는 절대 알은척하지 않았다. 옆집에 산다는 사실도 절대 비밀. 조금만 틈을 보였다가는 저기 네 남친 지나간다는 둥 여보라고 불러 보라는 둥 실실거리며 속을 뒤집는 악당이 등장할 테니 긴장을 늦추지 말아야 했다. 학교만 가면 왜 본체만체하느냐며 기분 나빠하던 호수도, 내가 전략을 고수하자 항의를 관뒀다.

"호팔이 뭐야. 호수라는 그윽한 이름을 놔두고."

그으으윽? 끄으으윽 토할 뻔.

"이상한 별명까지 지어 준 걸 보니까 친한 거 맞네. 집도 옆집이라며."

나름 비밀인데 어떻게 알았지! 나는 휘둥그레지려는 눈을 황급히 본래 크기로 돌렸다.

엘라가 한 발짝 다가왔다. 체리와 라일락. 얘한테서는 냄새가 아니라 향기가 나는구나, 정말이지.

"걱정 마, 떠벌리지 않을게. 아무튼 호수한테 나 좀 소개해 줄래?"

잠깐, 뭐라고요? 소개?

"호수랑 친해지고 싶으니까 연결해 줬으면 해. 그게 내 부탁이야."

"그러니까 지금, 한호파……, 한호수한테 관심이 있다는 거야?"

"자세히 알아볼 게 좀 있어서."

"지, 지, 직접 가서 말하면 되잖아."

어이가 없어서 말까지 더듬는다. 엘라 공주가 호수에게 관심이 있다고? 자세히 알아볼 것이 있다고? 뭘? 대체 왜? 어째서!

"그건 너무 노골적이라서. 호수를 놀라게 하고 싶지는 않거든."

엘라는 초등학교 때만 해도 동네를 뛰어다니며 소리 지르고 노느라 항상 목이 쉬어 있던 호수가 섬세한 꽃송이라도 되는 듯 굴었다.

그래서, 그윽한 호수에 물결을 일으키기 싫으니 나를 중간 다리로 쓰시겠다? 내 튼튼한 등짝을 밟고 호수에게 가시겠다? 좋지도 싫지도 않고 그저 딴 세상 사람이던 엘라에게 짜증이 나려 했다. 그 와중에 점셋이 메시지를 올리려던 단톡방이 몇 모둠인지는 또 궁금하고 난리.

"생각해 보고 어쩔 건지 말해 줘."

"아, 알았어."

나는 얼떨결에 대답했다.

새고방 방장, 홍쌤

담임쌤이 와서 조례를 하고 회장이 폰을 걷는 동안 구름 속에 갇힌 듯 멍했다. 이 느낌 뭐야. 최은율과 점셋, 엘라와 호수, 누구 때문이야. 그러다가 퍼뜩 국어 모둠이 생각났다.

책상 서랍에서 국어 교과서를 꺼내 대본 쓰기 학습 활동이 있는 페이지를 펼쳤다. 각 모둠의 구성원을 적는 표가 있었다. 내가 표에 적어 놓은 모둠은 총 여섯 개, 한 모둠당 네다섯 명. 엘라가 어떤 모둠인지 콕 짚어 준다면 '용의자'가 줄어든다. 그리고 점셋이 누구인지 알아내면 용의자 스물일곱 명이 아니라 범인 한 사람만 미워하면 된다.

나는 피해자다. 나쁜 쪽은 점셋이다. 죄인처럼 굴지 말고 고개 들자. 기껏 용기를 내어 교실 안을 둘러보았지만 다들 내 시선을 피하는 눈치다. 모두를 의심하는 기분, 불쾌하다. 이런 불편함이 27분의 1로 줄어든다면……?

1교시 수업이 시작되었다. 선생님의 설명은 윙윙 울리는 화이트 노이즈로 깔아 두고, 나 혼자만의 질문과 대답에 빠져든다.

Q. 엘라가 꾸며 낸 말이라면?
A. 그런 거짓말을 굳이 왜? 나를 놀리려고? 호수의 관심을
   끌려고? 그러다가 들통나면 이미지만 망가질 텐데.

엘라는 특별히 착하거나 친절하지는 않았지만 누군가 한 명을 찍어서 따돌리거나 괴롭히는 아이가 아니었다. 물 위에 뜬 향기로운 올리브기름

27

처럼 모든 아이들한테서 품위 있게 겉돌았다. 연예인이 될 예정이라 흠 잡히지 않게 거리를 두고 이미지 관리를 한다는 소문도 있었다. 그렇다면 악플 하나를 예약해 둘 마음은 없겠지.

뭐야, 벌써 수업 끝났어? 안 그래도 시원찮은 성적이 더 떨어지겠지만 공부는 올가을의 관심사가 아니니 밀쳐 두고.

국어 공책의 뒤표지에 굵은 네임펜으로 점을 세 개 찍었다. 《비뚤어진 집》 같은 추리 소설을 보면 공책을 들고 다니며 생각하고 관찰한 내용을 적는 인물이 자주 나온다.

뒤표지를 펼쳐 첫 페이지가 된 끝 페이지에 이렇게 적었다.

☆ 우리 반 국어 모둠 중 하나에 범인, 즉 점셋이 있다는 이엘라의 말을
  믿기로 한다.
☆ 이엘라가 딱히 믿을 만한 건 아니지만 이런 일로 거짓말할 이유도
  없는 거 같다.

몇 모둠 누구일까? 나한테 왜 그랬을까?

궁금하다. 알고 싶다.

알아서 뭐 하게. 버티다 보면 언젠가는 묻힐 텐데. 다들 잊을 텐데.

정말 날 잊을까? 최소한 1학년은 모두 2반 최은율을 알게 됐단 말이다.

공책 위에 엎드렸다. 종이 울리고 앞문으로 선생님이 들어오는 기적.

2교시는 수학이다. 새고방 방장 홍쌤. 밉다. 나쁘다. 방만 만들어 놓고 는 제대로 관리하지 않아서 내가 요 모양이 됐잖아. 점셋이 순식간에 메 시지를 지우고 방에서도 나가 버렸지만 그 전에 선생님이 나타나서 상황

정리를 했으면 최은율이 1학년 2반이라는 쐐기는 박히지 않았을지도 모르는데. 역사에 길이 남을 쐐기 문자도 아니고 이게 뭐냐고.

"거기 엎드린 사람 누굴까?"

나는 애들이 최은율이요, 대답하기 전에 벌떡 몸을 일으켰다. 힘센 로봇 같은 동작에 짝이 흠칫 놀란다. 아무에게도 내 이름을 알리지 말라, 그런 심정이었다. '욕설 발견'이라는 곳이 있다면 찾아가서 욕을 여러 바가지 배우고 싶었다. 광활한 벌판에라도 달려가서 붉은 노을을 바라보며 극심한 욕을 외치면 기분이 나아지려나.

"은율이 어디 아프니?"

"아, 아뇨!"

부인하고는 수학 교과서를 펼쳤다. 홍쌤은 애들 이름을 다 외운다. 그럴 정성으로 새고방 관리도 좀 하시죠!

☆ 잊어버리거나 찾아내거나, 얼른 하나를 택해야 돼. 안 그럼 돌아

버릴지도 몰라.

생각 정리에 심취하다 보니 수학 시간이 끝났다. 교실을 나가 화장실에 가는데 홍쌤이 다가온다.

"은율아. 오늘 잠깐 시간 되니?"

엘라에 이어서 홍쌤까지 나에게 접근한다. 이런 식으로 눈에 띄는 건 내 취향이 아닌데.

"새고방 일로 얘기 좀 나누고 싶은데 괜찮을까?"

"……점심시간도 돼요?"

"밥 먹고 와. 상담실에서 기다리고 있을게."

'밥 먹기 싫다고요'라고 생각만 했는데, "그럼 그냥 오든가. 이따가 보자" 말하고 가는 홍쌤. 어떻게 알았지, 싶었는데 복도 벽 거울을 보니 딱 밥 먹기 싫어하는 표정이다.

화장실 앞까지 갔지만 안에 애들이 버글거려서 발길을 돌렸다. 이제 사람 많은 곳은 단톡방이든 화장실이든 별로다.

무시와 직시

마음 들여다보기

다들 급식실로 가는데 나는 1층 상담실로 갔다. 기다렸다는 듯 문이 열려서 자동문인 줄.

"왔구나. 들어와."

홍쌤이 나를 맞았다.

웬 떡볶이 냄새가 난다 싶었는데 진짜 떡볶이였다. 튀김을 포함한 컵볶이 2인분에 아아까지! 밥맛이 1도 없다고 믿었는데 그건 밥 얘기고, 떡볶이는 또 다른 차원이었다.

"내 맘대로 사 왔는데 맘에 들려나 모르겠네."

홍쌤이 겸손을 발휘하면서 의자까지 빼 줬다.

나는 의자에 앉으며 고민 어린 한숨으로 기선을 제압하려 했지만 고인 침만 넘어갔다.

"아이스커피가 이젠 너무 차가운가? 따뜻한 차로 줄까?"

"괜찮아요. 그냥 마실게요."

두 손으로 차가운 컵을 쥐었다. 옆집 이모한테 배운 표현대로 속에서 열불이 나고 천불이 일어서 차가운 커피라도 마셔야겠다. 교장 선생님은 단 음료수나 쓴 커피만 찾지 말고 몸에 좋은 미지근한 물을 마시라고 강조하는데, 상담실에서 아아라니. 홍쌤 괜찮으려나.

"동그라미 거네요?"

말랑말랑 매콤 달콤 쫀득거리는 떡을 들여보내라며 배가 요동쳤다. 학교 뒤편에 있는 동그라미 분식은 우리 반 오민준의 할머니, 할아버지네 가게다. 나한테는 최애 떡볶이집이었는데 피치 못할 개인적 사정으로 못 간 지도 꽤 되었다. 점셋 때문에 상담실에서 인생 떡볶이를 먹게 되었으니 인생이란 알다가도 모르는 거다.

"거기가 맛있다고 하길래. 배고픈네 믹으면서 얘기하자."

홍쌤이 컵 하나를 집더니 기다란 나무 꼬치로 반 잘린 김말이를 찍었다. 미숙하시긴, 튀김을 먼저 먹으면 지는 거다. 나는 떡부터 입에 넣었다. 단가 싶으면 짜고 짠가 싶으면 매콤한 맛. 먹신 티를 내지 않으려고 조심하며 떡 다섯 개를 해치운 다음에야 김말이로 넘어간다. 그러고서 아아 두 모금. 배와 뇌가 두루 만족스럽다. 주말에는 떡볶이를 먹지 않아서 그렇게 우울했었나? 떡볶이 생각조차 나지 않을 만큼 우울했다고 치자.

"새고방 때문에 속상했지?"

"캡처 보셨어요?"

"응."

"누군지는 모르시죠?"

"익명 방이라서."

"그 방, 선생님이 만드신 거죠?"

"그렇지."

"없애 주시면 안 돼요?"

"은율아."

"또 이런 일이 생길 수도 있잖아요."

눈물이 나오려고 해서 떡볶이를 한 개, 두 개, 세 개, 띡꼬치처럼 꼬챙이에 꽂아 입에 쑤셔 넣었다. 울지 마, 이 드르릉 바보야. 질질 짜는 눈물로 흑역사의 한 페이지를 적시지 말라고.

"그런 일이 생겨서 방장으로서 참 미안하고, 은율이가 힘들어하는 거 같아서 나도 마음이 안 좋아."

'은율이가'라는 말이 너무 느끼하고 '방장으로서'라는 말이 너무 사소해서 이번에는 웃음이 나올 뻔했다.

내가 울다가 웃거나 웃으면서 울 때마다 민율 언니는 드르릉 쟤 왜 저래, 미친 애 같아, 혀를 찬다. 중학교 올라와 여드름 나고부터 증상이 심해졌으니 이 모든 건 여드름 탓인가? 피부 클리닉에 보내 달라고 엄마 아빠에게 졸라 봤지만 얼굴 잘 씻고 긁거나 짜지 말라는 말만 들었다. 때 되면 낫는다고, 한때 스쳐 가는 거라고. 무슨 한때가 이렇게나 요란스럽고 화끈거리는지.

"하지만 말이야, 문제가 생기면 바로 없애는 게 답일까? 새고방이 없어지면 다시는 이런 일이 안 일어날까?"

"그건 아니고…… 다른 방이 또 생길 거 같아요."

"그리고 또, 새고방이 좋은 점도 있잖아. 이를테면 심기가 불편한 선생님이 누구인지 알 수 있다든지."

새고방에서 선생님의 정서와 심리 상태는 인기 있는 분야다. 이번 주에 상태 안 좋은 선생님, 이건 참 귀중한 정보거든. 그 선생님 시간에는 숙제를 빼먹거나 떠들지 말고 조용히 지내야 한다. 안 그랬다가는 폭풍 설교나 벌점이다. 그런데 가만, '이번 주에 상태 안 좋은 선생님'은 애들끼리 암호로 주고받는 내용인데 홍쌤이 어떻게 알지? 암호를 해독한 것인가! 수학 담당이라 머리가 좋은가 보다. 나로 말할 것 같으면 수학만 아니라면 모든 과목에서 골고루 안 좋은 점수를 받을 수 있는데, 수학을 특히 더 못해서 균형을 잃은 학생이다.

어쨌거나 새고방이 없어지면 다른 방이 또 생길 테니 원래 있던 새고방을 그대로 놔두는 편이 나을 듯도 싶었다. 이런 게 현실과의 타협일까. 커피의 뒷맛이 쓰다. 어른스러운 맛이다. 나도 다 컸다는 생각이 들고 세상 혼자인 듯 외롭다. 성장이란 험하고 고독한 산등성이구나.

"은율이는 앞으로 어떻게 할 생각이야?"

"네? 뭘요?"

기습 질문에 허둥댔다. 선생님은 방장으로서 이 피해를 어떻게 보상해 주실 건데요, 따질 생각이었는데 역공을 당했다. 아무리 허술해 보여도 어른은 만만한 상대가 아니다.

"어떤 생각인지 알고 싶어서 그래. 도울 일이 있을지도 모르잖아."

나는 지진 난 동공으로 벽시계를 확인했다. 점심시간 끝나려면 20분이나 남았다. 점 세 개를 찍은 국어 공책에 뭐라고 적었더라. '돌아 버릴지도 몰라', 그 전에는? 아, 그렇지!

"잊어버리거나 찾아내거나…… 둘 중 하나를 선택해야 할 거 같아요."

"그렇구나."

홍쌤이 떡볶이 컵을 쥐고 고개를 끄덕였다. 얼토당토않은 헛소리는 아니었나 보다. 다행이다. 선생님들은 아무래도 오답에 예민하니까.

"무시와 직시, 둘 중 하나라는 얘기지?"

"네?"

"새고방 메시지를 잊어버리고 평소처럼 지내는 건 무시, 누가 왜 그랬는지 찾아내는 건 직시. 무시는 무슨 뜻인지 알 테고, 직시는 사물의 진실을 바로 보는 일이야."

"어떤 게 더 좋아요?"

"둘 다 장단점이 있지. 무시는 신경을 안 쓰니 에너지가 덜 들겠지만 마음 깊은 곳에는 찜찜함이 남지 않을까? 직시는 감춰진 걸 들추다 보면 귀찮기도 하고 힘도 들지. 그 대신……."

"속은 시원해지고요?"

"그런 면이 있겠지. 그런데 진실을 발견한다는 게 항상 상쾌한 일만은 아니야. 진실이 아프고 슬플 때도 있거든. 어이없을 만큼 단순하고 간단해서 허탈할 수도 있고."

"제가 알아낼 수 있을까요? 직시를 선택한다면요."

나는 아침에 엘라에게 받은 제안을 떠올렸다.

"알아내고 싶은 게 뭐야?"

"당연히 누가 그랬는지 알고 싶죠."

"그게 전부야?"

"왜 그랬는지도 궁금하긴 해요."

새고방에 주인 없이 남은 '왜냐하면…'이라는 메시지. 하지만 지금은 그 말 뒤에 올 이유보다는 점셋이라는 범인의 정체가 더 중요한 문제였다.

"근데요, 그냥 잊어버리는 게 제일 편할 거 같긴 해요. 누군지 알아내려다가 저만 또 이상한 사람 되면 어떡해요."

"넌 애초에 이상한 사람이 아닌데 어떻게 '또' 이상한 사람이 될 수 있겠어?"

"저 위로해 주시는 거예요?"

"위로가 아니라 사실을 말하는 건데. 은율아, 어떤 길을 선택하면 좋을지 찬찬히 생각해 보고 결정해도 될 거 같아. 나는 정말 어디로 가고 싶은 걸까, 마음을 들여다보는 거야."

"쌤, 꼭 상담 선생님 같아요."

"이래 봬도 상담실 부담당이잖아. 하는 일이라곤 물품 관리뿐이지만. 또 새고방 방장으로서…… 응? 왜 웃어? 아무튼 어떤 선택을 하든 널 응원하는 마음은 진짜야."

"네에."

나는 웃음을 건지며 대답했다.

"신성한 상담실에서 아아 마시고 떡볶이에 튀김까지 먹은 건 비밀로 해 주고."

"그럴게요."

홍쌤에게 인사하고 일어나는데 배 속에 집어넣은 떡볶이와 튀김, 아아의 무게만큼 마음의 짐이 덜어진 느낌이다. 홍쌤이 문옥봉 김밥까지 준비해 놨으면 아주 깃털이 되어 날아갔겠다. 문옥봉 김밥은 이 동네의 김밥 최고봉이다.

맛있는 점심으로 에너지가 솟구쳐서인지, 교실 앞에서 마주친 엘라에게도 먼저 말을 걸었다.

"근데 한호수한테 너 소개해 주는 거 말이야. 그거 어떻게 해야 돼?"

"어떻게 하다니?"

"우연인 척 마주치게 해 줘야 한다거나 뭐 그런 건가 싶어서."

이제껏 탐독한 웹툰, 엄마와 함께 본방 사수한 드라마에서 배운 대로 말했다.

"내가 친해지고 싶어 한다는 말만 전해 줘. 그다음엔 우리가 알아서 할 게."

'우리'라는 말이 귓속에서 바스락대는 귀지처럼 거슬렸다. 언제부터 호수랑 엘라랑 둘이 우리가 됐지?

"그럼 잘 부탁해."

엘라는 알쏭달쏭한 미소와 은은한 향기를 남기고는 사라졌다.

무시와 직시 중에서

종례 끝나고 폰을 돌려받아서 보니 엄마한테 메시지가 와 있었다. 오는 길에 이모네 가게에 들러서 김치 부침개를 받아 오라고 했다.

이모가 해 주는 김치 부침개는 김치와 오징어가 밀가루보다 더 많이 들어가서 맛과 두께가 장난 아니다. 아침만 해도 학교 가기 싫어서 침울했는데 알고 보니 먹을 복 터진 날이잖아.

길거리를 걸어가면서 엄마와 메시지를 주고받았다.

- 엄마는 내년에 아빠랑 다시 결혼해야 한다면 어쩔 거야?

- 우린 이미 부부잖아.

- 결혼이 구독제라고 생각해 봐. 내년에도 아빠 구독할 거야?

- 난 할래. 정들었어.

- 아빠가 싫다고 하면?

- 싫대?

- 대답 안 하던데. 무슨 말인지 모르나 봐.

- 싫다고 하면 왜 싫은지 물어볼 거야. 궁금한 건 못 참아.

엄마는 무시와 직시 중 직시 쪽인 듯하다.

아빠에 이어 엄마까지, 두 번째 설문 조사를 마치자 시장 앞이다. '이모 반찬'이라는 간판이 붙은 가게가 보였다.

"이모, 저 왔어요!"

가게 문을 열고 들어가며 말했다. 맛있는 음식과 의리 넘치는 이모가 있는 이곳에 오면 기운이 난다. 가게 안은 고소한 기름 냄새로 가득했다.

"다 됐으니까 잠깐만 기다려!"

잠시 뒤 이모가 은박지로 포장한 김치 부침개를 들고 부엌에서 나왔다.

"호수 편에 들려 보내도 되는데 오랜만에 얼굴도 볼 겸 너 보내라고 했어."

엘라, 홍쌤, 이모. 오늘은 나를 보려고 하는 사람이 많다. 그런데 이모 얼굴이 뭐랄까, 이모 식대로 표현하자면 헛헛했다. 이모는 속상한 일이 있어서 밥을 잘 못 먹거나 잠을 설친 사람을 보면 저 사람 헛헛한가 보네, 한다. 엄마한테 '헛헛하다'가 무슨 뜻이냐고 물었더니 배나 마음 한구석이 빈 듯 허전한 느낌이라고 했다.

"이모는 부침개 드셨어요?"

이모의 표정을 살피며 물었다.

이모와 아저씨는 어제, 밤늦도록 싸웠다. 방음이 부실한 아파트라 잘 들린다. 오랫동안 이웃으로 살다 보면 누가 누구와 사이가 좋고 나쁜지 알게 된다. 1502호에서 이모와 아저씨 사이는 최악이다.

"내 거부터 한 장 부쳐 먹고 시작했지."

내가 엄지손가락을 들어 보이자 이모는 부침개 넣은 장바구니를 엄지에 걸어 주며 웃었다. 음식 솜씨뿐만 아니라 웃음도 멋진 분인데 요즘 잘 웃지 않아서 안타깝다. 이곳 반찬을 먹고 자라서인지 이모만 보면 우리 이모 고생만 하지 말고 행복해져야 하는데, 기도하는 마음이 된다.

새별중 공주가 호수에게 관심 있다는 사실을 알면 이모가 웃을까? 내가 아는 이모라면 가게 반찬으로 도시락을 싸 들고 다니면서 말릴 것이다. 누구를? 엘라를! 이모는 하나뿐인 아들에게도 객관적이고 공정한 분이고, 어릴 적에 호수가 세상(온갖 곳의 유리창, 우편함, 전자레인지 문짝, 자전거 보관대, 모든 방의 커튼 등등)과 자기 자신(팔, 손가락, 발목, 갈비뼈, 송곳니 등등)을 파괴하고 다닐 때마다 "내 배 아파 낳은 자식이지만 저걸 콱!" 하고 가슴을 치던 분이다. 엘라는 한호수의 14년 역사를 모르니까 소개해 달라는 거겠지. 그 실체를 알아보고 기겁해서 도망치는 전개도 흠, 구경하는 재미는 있겠다.

"잘 먹겠습니다."

"그래, 차 조심하고."

부침개를 들고 아파트로 갔더니 호수가 두 손으로 머리를 싸매고 계단에 앉아 있다. 이모와 아저씨가 다투는 소리는 당연히 내 방보다 호수 방에서 더 잘 들린다.

"들어가서 부침개 먹자."

호수 엄마가 해 준 음식이니까 호수의 엄마의 아들인 호수에게도 한몫 챙겨 줘야 한다. 호수는 어깨를 늘어뜨린 채 우리 집으로 따라 들어왔다.

"호수 왔니? 은율이랑 부침개 나눠 먹고 냉장고 보면 붕어싸만코 있으니까 그것도 먹고 다 먹으면 학원 가고, 응? 은율아, 엄마 거 한 장만 갖다줘."

새로운 마감을 시작한 엄마가 작업실에서 고개만 내밀고 상황을 지휘했다.

나는 마감 없는 엄마를 구독하고 싶다는 심정으로, 접시에 부침개를 담아서 작업실로 배달했다. 그러고는 호수와 부엌 식탁에 마주 보고 앉는다.

"대존맛이지?"

나는 오징어가 많은 부분으로 한입 가득 먹으면서 감탄했다. 이 부침개는 우리 엄마가 아니라 호수 엄마가 부쳤는데 말이다.

"넌 좋겠다."

호수가 말도 안 되게 바삭거리는 가장자리를 감흥 없는 표정으로 씹으면서 말했다. 내가 얼마나 넓은 마음으로 그 핵심 부위를 양보했는지 안다면 저런 표정은 안 나올 텐데.

"왜? 미각이 섬세해서?"

"부모님 사이가 좋아서."

뭐라고 할 말이 없어서 씹은 김치를 또 씹었다.

우리 엄마와 아빠의 사이가 좋은지는 모르겠지만 호수네 부모님 사이가 나쁜 것은 분명하다. 이모에게 아저씨를 내년에도 구독할 생각이냐고 물어보면 지금 당장 해지하겠다며 국자든 뒤집개든 집어 던지고 뛰쳐나가지 않을까.

"난 엄마랑 아빠가 어떻게 결혼을 했는지 의문이야. 엄마는 있는 거 다 퍼 주고 아빠는 먼지 한 톨까지 긁어모으는데."

서로 다른 모습에 끌린 걸까. 엘라가 호수에게 왜 관심을 보이는지, 엉뚱한 데서 답이 나왔다. 공주와 호팔이도 극과 극이다.

"싸울 때마다 똑같은 얘기만 하다가 화내고 끝내. 진짜 문제가 뭔지는 알고 싶지도 않나 봐."

호수네 아빠는 집에 관심이 많다. 가정이나 가구 말고 집 그 자체, 콘크리트와 철근으로 이루어진 건물 말이다. 호수 말로는 인테리어 일을 하면서 좋은 집을 많이 봐서라는데 그런 집도 다 아저씨가 꾸며 줘서 멋있어 보이는 거 아닌가? 그런데 아저씨가 아빠한테 하는 얘기를 들어 보면 인테리어고 뭐고 다 껍데기일 뿐 입지와 브랜드가 중요하다고 한다. 어떻게든 로열층을 잡아야 돼, 그래야 팔 때도 속이 안 썩거든! 아저씨는 이모의 반대를 무릅쓰고 신도시 아파트의 로열층을 구매한 다음 전세를 줬고, 그 집 대출금을 갚느라 허리가 휜다. 예전에는 은행에 돈 갚는 날에만 이모와 싸웠는데(소음 정보에 따르면 매달 25일) 앞뒤로 이틀, 사흘, 일주일, 싸우는 날의 범위가 넓어지더니 이제는 조용한 날이 한 달에 일주일이 될까 말까 한다.

"맨날 시끄럽지?"

"어? 아니 난, 괜찮은데. 입맛은 민감한데 귀가 무뎌 갖고."

"솔직히, 너한테도 되게 좀 그래."

내 얼굴 보기 창피하다는 뜻이겠지. 새고방에 점셋의 메시지가 올라온 다음부터는 나도 호수한테 창피하다.

"넌 이제 좀 어때? 괜찮아?"

"홍쌤이랑 얘기하고 나니까 살짝 나아졌어."

상담실에서 홍쌤과 나눈 이야기를 호수에게 들려주었다.

"무시와 직시…… . 집에 가서 해 주고 싶은 얘기네. 어느 쪽을 선택할지는 정했어?"

"글쎄, 직시? 아직 고민 중이긴 한데 음, 그 전에 너한테 할 말이 있어. 엘라가 너하고 친해지고 싶대."

호수에 냅다 돌멩이를 던지듯 단숨에 말하고는 반응을 살폈다. 호수는 놀라 자빠지거나 좋아 죽을 줄 알았는데 의외로 잠잠하다. 어리둥절해하며 되물을 뿐이다.

"엘라? 너희 반 이엘라?"

"그럼 엘라가 우리 반 말고 또 있어?"

우리 학교에 최은율도 한 명, 이엘라도 한 명이다. 새고방에 '난 내년에는 이엘라와 같은 반 되기 싫다'란 메시지가 올라오면 어떤 일이 벌어질까. 민율 언니의 경우보다도 더 뻔한 상상이었다. 아무도 그 메시지가 진심이라고 믿지 않겠지. 별 이상한 방법으로 엘라의 관심을 끌려고 한다면서 비웃음이나 사고 그만이겠지. 이엘라가 아니라 최은율인 나는 도저히 그런 식으로 사태를 미화할 수 없다. 무관심의 영역에서 살아가는, 인기도 존재감도 없는 최은율. 현서랑 있을 때는 그 무관심이 평화롭고 편안했지만 지금은 누군가 내 보호막을 벗겨 낸 느낌이다.

"이엘라가 그러는데 새고방 메시지, 누가 우리 반 국어 모둠 단톡방에 올리려던 거래. 너한테 자기를 소개해 주면 몇 모둠인지 말해 주겠대."

호수가 나를 바라보았다. 몇 달 사이에 뭐랄까, 눈빛이 달라졌다. 엘라가 오늘 아침에 그윽한 이름 어쩌고 할 때만 해도 닭살이 돋았는데 지금 보니 호수의 눈빛에 잔잔한 물결이 일렁이는 것도 같다. 중학생이 되고 나서 내가 여드름 그리고 15~30분 단위로 파도치며 들썩이는 기분에 시달리기 시작했다면, 호수는 키가 커지고 말수가 줄었으며 그 어느 때보다도 묵묵히 축구와 스케이트보드에 열중했다.

"암튼 난 말 전한 거다."

엘라는 호수에게 이야기를 전해 달라고 했고, 나는 그렇게 했다. 이 뒤로는 호수와 엘라, 둘이 합쳐 '우리'가 알아서 할 일이다.

"국어 모둠 단톡방에서 나온 얘기면, 1분 대본 쓰기 말하는 거야?"

"응."

"새고방 메시지, 혹시 대본 내용 아니었을까?"

"대본에 내 이름이 왜 나와. 백번 양보해서 그렇다고 쳐도, 그거 완전 저격이잖아."

호수는 듣고 보니 또 그렇다며 수긍하고는 냉동실에서 붕어싸만코를 꺼냈다.

호수가 학원에 가자 나는 엘라에게 '호수한테 말 전했어'라고 메시지를 보냈다. 직시 쪽으로 방향을 정한 것이다. 우리 엄마 딸이라서 그런지 나도 궁금한 건 못 견디겠다.

잠시 뒤에 답이 왔다.

　- 고마워. 3모둠이야.

둘

용의자들

1번부터 5번까지

공부 잘하는 언니가 공부 잘하는 꿀팁이라며 생색이란 생색은 다 내고 알려 준 방법이 있는데, 바로 '표 그리기'였다. 무엇이든 표로 정리하면 요점과 흐름이 한눈에 들어와서 내용 파악이 쉬워진다나. 언니의 잘난 척을 견디고 얻은 비법(치고는 너무 하찮지만), 이 기회에 활용한다!

다음은 3모둠에 속한 용의자 다섯 명을 파악하려고 그린 표다. 배열은 가나다순.

▶ 누가 점셋인가? 3모둠의 용의자들 ◀

	특징	나와의 관계
1. 김진아	아이돌 그룹 '스윈'의 찐팬. 멤버 중에서도 최애는 용후.	용후 탈모 아니냐고 했다가 얘한테 머리 뜯길 뻔했음.

2. 오민준	동그라미 분식집 손자. 금수저보다 더 귀하다는 떡수저.	얘 때문에 요즘 내가 동그라미에 못 감.
3. 이찬효	조용하고 말수 적음.	초등학교 4학년 때 같은 반. 그때도 친하지는 않았음.
4. 정소미	항상 다이어트 중. 급식 거의 다 남김.	잘 모르겠지만 통통하다고 나를 무시할지도?
5. 홍다희	조용하고 공부 잘함. 그림 잘 그림.	얘랑은 말을 별로 해 본 적이 없음.

그럴듯한지 어설픈지 판단이 안 선다. 집 앞 계단으로 호수를 불러서 공책을 보여 줬다.

슬리퍼를 끌고 나온 호수를 보니 엘라가 생각났다. 둘은 어떻게 되었을까. 아아, 지금 그게 문제가 아니잖아. 신발 속에서 오른쪽 엄지발가락에 힘을 주며 내 문제나 신경 쓰자고 다짐한다. 멀리 있는 현서에게는 타이밍을 놓친 데다가 창피해서 말을 꺼내기도 어려워졌고, 의논 상대가 호수밖에 없다니 한심하다.

"찬효 말고는 다 모르는 애들이네."

나, 호수, 이찬효는 4학년 때 같은 반이었다.

"2반도 제비 뽑아서 모둠 정했어?"

"응."

"그럼 친한 애들끼리 뭉친 것도 아니고……. 애들이 용의자면, 여기서 범인을 찾겠다는 거야?"

고개를 끄덕끄덕.

"어떻게?"

고개가 삐걱삐걱.

다섯 명 중 누가 범인인지 어떻게 찾을 것인가. 그건 나도 모르지. 답답한 나머지 성질이 뻗쳤다.

"한호수, 넌 왜 질문만 해? 의견도 내고 제안도 하고 그래라, 좀."

"뭐 하나 생각났는데 알려 주지 말아야겠다."

"알았어, 미안해."

호수의 팔을 끌어당기며 어르고 달랬다. 녀석, 열네 살이나 먹어 갖고 애 같기는.

"미안하다고. 미안하니까 알려 줘."

호수는 태도가 돌변한 나를 기막히다는 듯 보더니, 표 그리기만큼이나 어마어마한 비법을 공개했다.

"새고방이 나가는 건 맘대론데 들어가는 건 아무 때나 안 되잖아. 매달 첫 번째 월요일에만 비번이 통하니까."

홍쌤은 매달 첫 번째 월요일이면 상담실 문에 네 자리 숫자를 적어서 붙여 놨고, 그 숫자는 월요일 하루만 새고방 입장에 쓰이는 비밀번호가 되었다. 그날이 지나면 홍쌤만 아는 비밀번호로 바뀌어서 아무도 못 들어왔다. 애들이 시도 때도 없이 들락거려서 방이 어수선해지는 걸 막으려는 의도였다.

"점셋이 방을 나가 버렸는데 새고방은 앞으로 2주는 지나야 다시 들어갈 수 있으니까……."

"그렇네! 채팅 목록에 새고방이 없으면 범인이네!"

"꼭 그런 건 아니고. 처음부터 방에 안 들어간 애도 있을 수 있어."

"아무튼 지금 방에 들어가 있으면 범인이 아니란 얘기잖아."

호수가 말해 줬는데 내가 생각해 낸 듯 열을 올린다.

"3모둠 애들한테 가서 폰 보여 달라고 해야겠다. 새고방에 들어가 있으면 점셋 아님!"

점셋 찾기는 '다음 중 맞는 것은?'이 아니라 '다음 중 틀린 것은?'과 같은 형식의 문제일지도 모른다.

"네가 무슨 경찰이냐? 나 같으면 폰 안 보여 줘."

한호수가 초를 쳤지만 틀린 얘기는 아니다. 나는 경찰이나 탐정이 아니고 추리력은커녕 인기도 없어서 폰 보여 달라고 들이댔다가 새로운 원한만 사서 파멸에 이를지도. 같은 반 되기 싫은 애, 그보다 더한 시궁창은 무엇일까. 같은 학교 다니기 싫은 애? 지구를 떠났으면 싶은 애?

"참고만 해, 참고만. 넌 생각해 둔 거 없어?"

"생각 중이야."

정숙할 만큼 조용해서 다른 아이들과 잘 어울리지 않는 이찬효와 홍다희는 용의자 목록에서 제외할까 고민했다. 그러면 나머지 세 명만 어떻게 (그러니까 대체 어떻게?!) 하면 되니까 빠진 두 명 몫만큼 막막함이 줄어들겠는데…… 싫었으나 아아, 아니다. 점셋의 말투. 혼잣말하는 느낌이라고 호수가 그랬잖아. 찬효와 다희처럼 고요한 애들이 쓸 법한 말투다. 바위 다섯 덩이가 가슴에 얹힌 듯 갑갑해졌다.

"생각해 봤는데."

"벌써?"

"충분해. 모르는 문제 붙잡고 있는다고 답 떠오르는 거 아니잖아. 나 그냥, 들이댈래. '직시'가 똑바로 보는 거니까 3모둠 애들 한 명씩 찾아가서 묻는 거지. 너냐?"

나 싫다는 애가 너야? 이유가 뭔데? 왜 그런 짓을 했는데! 우리 반에서 나 좋다는 사람이 누가 있을까. 현서는 이제 다른 학교, 다른 반이다.

"그래, 단순 무식해도 그게 제일 낫겠다. 다른 방법이 없잖아."

"왜 깐죽깐죽 안 비웃어?"

"나 그런 사람 아니거든? 넌 참, 인간에 대한 탐구가 부족해. 예리한 분석력 같은 거, 그런 게 없다고."

나는 황당해서 하아, 숨을 뱉었다. 그럼 한호수 자기는 뭐 번쩍이는 칼날처럼 예리한가? 사실 나도 칼날은 아니고 따지자면 지우개쯤 된다. 모서리마다 뭉툭해져서 한 글자 지우려다가 한 단어를 지우는 멍텅구리. 이런 내가 점셋을 찾아낼 수 있을지 걱정이 앞섰다. 호수도 내가 미덥잖은지 "되겠어?" 하고 물었다. 나는 "해 봐야지" 대답했다. 3모둠 애들을 한 명씩 잘 살펴보고 그중에 점셋이 있는지 탐! 구! 시작이다.

호수네 집에서 이모와 아저씨의 목소리가 새어 나왔다. 밤 10시에 오늘 치 전쟁을 시작하는 두 분.

"웬일로 조용한가 싶더니."

호수가 슬리퍼 뒤꿈치로 복도 바닥을 찍으며 한숨을 쉬었다.

나는 호수의 눈치만 살폈다. 탐구가 부족하니 어쩌니 할 때는 얄밉기만 하던 호수가 안쓰러워 보인다.

"이혼할지도 몰라."

"뭐? 진짜?"

내지른 소리가 복도를 쩌렁쩌렁 울리며 호수네 집 소음을 눌렀다.

"뭘 그렇게 놀라. 저 정도면 이혼 생각을 안 하는 게 더 이상하지."

"이혼하면 어떻게 되는데?"

"엄마는 제주도로 돌아간대."

이모의 고향이 제주도다. 고등학생 때까지 서귀포에서 살았다고 한다. 제주도 사투리도 몇 마디 들어 봤는데 외국어나 다름없었다. 나도 많이 까먹었어, 하면서 이모는 웃었다. 고향을 그리워하는 마음이 나지막한 웃음소리에 묻은 채 바다 냄새를 풍겼다.

"그럼 나도 엄마 따라가야 할 거 같아. 엄마 혼자 그 먼 데 가서 살라고 하기는 좀 그래서. 할머니 할아버지 다 돌아가시고 삼촌도 서울 살고, 옛날 친구들하고는 연락이 안 된대."

나는 소리는 못 지르고 눈만 부릅떴다. 이모와 아저씨가 이혼할지 모른다는 소식도 충격이지만 호수가 제주도로 간다면 이모와 호수, 둘 다 잃게 된다. 제주도는 현서가 이사한 도시보다 몇 배는 멀어서 비행기를 타야만 갈 수 있는 곳이다. 이모네 반찬 가게가 없는 자목련동, 호수가 없는 옆집은 무선 이어폰이 없어지고 옴폭 파인 공간만 남은 케이스나 다름없다. 일주일에 여덟 번 싸웠다가 아홉 번쯤 은근슬쩍 풀어지는 척하면서 열 번째로 옥신각신하는 지긋지긋한 사이지만 그래도 나한테는 얘가 제일 오래된 친구다.

"뭐야 최은율, 울어?"

"울긴, 내가 미쳤냐."

나는 계단에서 일어나 엉덩이를 털었다. 밖으로 나오려다 만 눈물도 먼지처럼 신속히 제거한다.

"난 또. 감동할 뻔했네."

호수가 내 무릎에서 떨어져 바닥을 나뒹구는 국어 공책을 집어서 건네주었다. 공책을 받는데 호수와 손이 스쳤다. 엘라와 손잡고 걸어가는 호수의 뒷모습이 잘못 열린 인터넷 창처럼 머릿속에 끼어들었다. 새로이 탄생할 커플의 미래를 왜 내가 예측하고 난리일까. 뭐, 좋다. 난 점셋 찾기에 집중할 테니 너희는 너희끼리 뭐든 알아서 잘해 보든지 말든지.

이상한 산책

숨을 들이마신 다음 새고방에 들어간다.

여느 때처럼 시끌벅적하다. 서고 뒤편에서 담배를 피우던 3학년 선배들이 점심시간에 걸렸나 보다. 홍쌤은 새별중 교복을 입고 학생인 척 교내를 돌아다니면서 담배 피우는 학생을 적발한다. 우리 학교에서는 애국가 1절만큼이나 널리 알려진 공식인데도 1년에 몇 명씩은 걸린다. 듣기로는 홍쌤의 형이 오래전 폐암으로 세상을 떠났다고 한다.

대화창을 위로 올려 봤지만 내 얘기는 없었다. 며칠 만에 드디어 지나간 바람이 되었나. 더 위로, 위로 올리니 점셋이 남긴 '왜냐하면…'이라는 메시지가 보였다. 바람이 어느 쪽에서 불어와 어느 쪽으로 불어 가든, 나에게만큼은 여전히 차갑고도 뜨거운 현실이었다. 누구인지, 왜인지 알고 싶다.

방장 '오늘의 홍'에게 메시지를 보냈다. 떡볶이에 튀김, 아아까지 얻어먹었으니 상담 결과를 알려야 예의겠지.

　- 쌤, 저 2반 최은율인데요, 직시를 선택하기로 했어요. 진실을 알아
　　볼래요.

어른인 데다 선생님, 게다가 연애 중이니 내 말에 답해 줄 만큼 한가하지 않겠지 싶었는데 답이 왔다. 오늘의 홍은 오늘, 한가하신가 보다.

- 그렇구나. 이 일로 은율이한테 싫은 사람보다는 좋은 사람이 더 많이 생겼으면 좋겠다.

홍쌤에게 노출된 닉네임을 바꾸고 침대에 누웠다. 귤이가 다가와 배 위에 자리를 잡고 엎드렸다. 무겁다. 내 마음은 우리 집 고양이보다 더 무거웠지만 한편으로는 두근두근 떨리기도 했다. 날 싫어하는 사람을 찾겠다는 포부로 설레다니 변태인가. 잘 익은 여드름을 짜기 직전과 같은 긴장감이 몸속에 고였다. 여드름을 짜면 아프겠지, 흉도 남겠지. 생긴 대로 놔둬도 87년쯤 뒤에 나와 함께 없어질 텐데 왜 사서 고생일까. 어쨌거나 나는 여드름을 짜서 고름을 빼기로 결정했다.

카톡으로 현서의 새로운 삶을 구경했다. 새 친구들과 와플을 먹는 모습으로 프사가 바뀌었다. 가슴이 아팠다. 현서 옆에 내가 없어서이기도 했지만 현서도 새 환경에 적응하려고 노력하고 있구나, 싶어서였다. 현서는 와플을 싫어한다. 초콜릿 와플을 먹고 체한 뒤로 줄곧. 이것 봐, 너희는 모르는 현서를 나는 안다고! 속으로 큰소리치고는 비참해지기 전에 재빨리 호수의 프사로 이동. 눈부신 햇살과 아스팔트에 늘어진 그림자. 어울리지 않게 웬 감성 셀카.

잉? 한호수가 아니잖아? 여자잖아?

누구의 그림자인지 짐작이 갔다.

차가운 바람이라도 쐐야겠다. 귤이에게 이불을 덮어 주고 집을 나섰다.

밖은 어둡고 쌀쌀했다. 재활용품 분리배출장을 지나는데, 쭈그리고 앉아 우는 여자애가 보였다. 3모둠의 용의자 5번, 홍다희였다.

서로 눈이 마주쳤다. 같은 아파트에 살아서 몇 번 스쳐 지나간 적은 있지만 이렇게 난감한 상황에서 제대로 마주칠 줄이야. 다희가 몸을 일으켰다. 울던 중이라 코를 훌쩍인다. 못 보고 지나갔으면 좋았을 텐데 밤눈은 또 가로등처럼 밝아 가지고. 나는 억지로 쓰던 글을 어떻게 끝맺어야 할지 모를 때처럼 초조해졌다. 쟤는 왜 이 밤에 울고 그럴까, 신경 쓰이게.

"저기, 미안한데……."

다희가 코맹맹이 소리로 말을 걸었다.

"시간 있으면…… 나랑 이것 좀 같이 옮겨 주면 안 될까?"

폐기물 스티커가 붙은 작고 낡은 원목 책상을 가리키는 다희.

"중요한 건데 나 학원 간 사이에 엄마 아빠가……."

흔들리는 목소리에 내 마음도 흔들리지만 달밤에 뜬금없이 용의자를 도와주고 그래도 되는지 모르겠다. 이참에 5번부터 탐문을 시작해 버려? 안 되는데, 표까지 그렸으니 1번부터 착착 진행해야 각이 사는데.

"어디로 옮기면 돼?"

얼마나 울었는지 빨갛게 부은 눈을 보고 거절하기는 어려웠다.

"어디 안전한 곳 없을까?"

다희의 말에 나는 주변을 둘러봤다. 5동 쪽, 제설 용품을 보관하는 컨테이너 뒤편에 숨겨 놓으면 될 듯했다.

책상을 들라고 눈짓하자 다희가 책상 한쪽을 잡았다. 나도 그 반대편을 두 손으로 붙들었다. 다희가 '시간 있으면'이 아니라 '힘 있으면'이라고 물어봤어야 맞지 않을까 싶을 만큼 무거웠다. 우리는 가을밤에 땀이 나도록 끙끙대며 5동 앞으로 갔다. 컨테이너 뒤편에 책상을 가져다 놓자 휴우, 한숨이 새어 나왔다.

"은율아, 고마워!"

다희가 두꺼비처럼 두둑해진 눈으로 웃음을 지었다.

울다가 웃는 얼굴에 대고 '점셋이 너냐?' 물을 뻔했으나 탐문에도 때와 순서가 있는 법, 용케 참았다. 이 책상이 뭐가 그렇게 중요한지, 다희의 부모님은 딸이 소중히 여기는 책상을 왜 버렸는지 궁금했지만 그 또한 참았다. 용의자와는 객관적인 거리를 유지해야 한다.

"뭘. 갈게."

뒤돌아섰다. 몇 걸음 걷다가 돌아보니 나를 지켜보던 다희가 손을 흔들었다. 나는 어떻게 해야 할지 몰라 손을 움찔대다가 휙 돌아 뛰어갔다.

이상한 산책이었다.

1번 김진아:
외롭고 심심하다면

책상 구하기

학교에 오자, 비가 내리기 시작했다.

점점 굵어지는 빗줄기를 내다보는데 유리창에 다희의 얼굴이 나타났다. 걱정 가득한 눈빛. 다희도 어젯밤 숨겨 놓은 책상을 생각하는 듯했다. 비 맞으면 망가질 텐데.

"비 계속 내릴 거 같은데…… 어떡하지?"

다희가 쭈뼛거리며 말했다.

뭐냐, 홍다희. 왜 자꾸 나한테 의지해? 넌 태어나서 처음 본 생명체를 졸졸 따라다닌다는 새끼 오리가 아니라 용의자라고! 생각은 그랬지만 헛헛해 보이는 다희의 눈을 보며 어제 그 퉁퉁 부은 눈을 떠올리니 말이 곱게 나와 버린다.

"친구한테 말해 볼게."

다희를 안심시켜 놓고 호수에게 '아직 출발 안 했지? 5동 컨테이너 뒤에 책상 있는데 비 안 맞게 해 줘'라고 메시지를 보냈다. 그러자 '책상? 일단 ㅇㅇ' 하고 답이 왔다. 호수가 말하는 '일단'이란 '최대한 빨리' 대가를 요구하겠다는 뜻이다.

"해결은 됐는데 돈이 좀 들 거 같아. 용돈 충분해?"

"얼마나 있어야 돼?"

"최소 흑당 밀크티, 최대 치킨이나 피지."

"그 정도는 될 거 같아!"

다희가 다행이라는 듯 두 손을 맞잡았다.

"그 책상이 그렇게 중요한 거야?"

기뻐하는 모습에 방심해, 묻고 말았다. 용의자와 거리 두기 실패.

"그림 그릴 때 쓰는 책상이거든. 그 앞에 앉으면 마음이 막, 자유로워져."

다희의 그림 실력은 미술 시간에 봐서 알고 있었지만 그림 얘기를 할 때 이렇게 눈이 반짝거리는 줄은 몰랐다. 헛헛하지도 부어 있지도 않은, 초록 잎사귀에 맺힌 물방울처럼 투명하고 도톰한 눈빛. 마음이 자유로워진다는 말이 내 마음에 물 자국처럼 남았다.

"공부하는 책상은 따로 또 있어?"

"응. 아마 대통령 책상보다 클 거야."

다희는 실내화를 내려다보며 작은 한숨을 쉬었지만 이내 고개를 들고 웃었다.

"은율아, 고마워. 너랑 친구랑 맛있는 거 사 주고 싶은데 괜찮을까?"

자기 돈으로 먹을 걸 사 주고 싶다면서 괜찮으냐고 묻다니, 이처럼 기특한 소리는 태어나서 처음 듣는 듯. 하지만 나도 매너는 있으니까.

"괜찮아. 그게 그러니까, 안 사 줘도 된다고."

"사 주고 싶은데……."

"괜찮은데."

"그래도."

"그럼 이따가 친구한테 물어보고 연락할게."

다희의 예의 바른 정성을 한두 번 사양했으면 됐지 어떻게 계속 거절하겠는가. 새고방 사건 직후에 잠깐 바닥을 찍었던 식욕도 정상 궤도로 돌아왔고 말이다.

"저기, 미안하지만 문자로 부탁해."

스팸도 아니고 웬 문자 메시지? 의외로 얘가 점셋인 거 아니야, 하는 의심이 들었다. 새고방에 폭탄을 던지고는 카톡이고 인스타고 확 탈퇴했다든지. 소심해 보이는 홍다희에게 중농적인 먼이 숨어 있다면? 이모가 말하기를, 묵은지 맛은 알아도 사람 속은 모른다고 했다.

"나 인터넷이 안 돼서……."

다희는 교복 재킷에서 폰까지 꺼내 보여 줬다. 딱 봐도 인터넷은 안 되게 생겼다. 얘가 왜 공부를 잘할 수밖에 없는지 알겠네. 다희의 반대쪽에 있는 애가 나다. 인스타로 전국의 떡볶이와 전 세계의 고양이를 구경하는 시간을 하루 한 시간씩만 모았어도 전 과목 교과서를 두 번씩은 읽었을 거다.

"집에서 컴으로 확인하는 것도 안 돼?"

"컴퓨터가 거실에 있는데 아무것도 못 깔아."

"모둠 단톡방에는 어떻게 들어가?"

"못 들어가. 그냥 학교에서 회의하고, 단톡방에서 정해지는 거 있으면 나한테는 따로 말해 주기로 했어.”

3모둠 단톡방에 속해 있지 않다면 용의자도 아니란 얘기다. 벌써부터 한 명 탈락인가. 다희가 점셋이 아니라는 생각에 왜 이렇게 기분이 환해지지? 일거리가 줄어서일 거야.

담임 선생님이 들어왔다. 조례가 이어지는 동안 나는 용의자들을 살펴보았다.

무릎 위에 폰을 올려놓고 '스몰 윈드', 스윈의 신곡을 열심히 스트리밍 중인 1번 김진아. 탐문은 너부터다.

왼눈으로는 선생님을 보고 오른눈으로는 짝을 보는, 동그라미 분식집의 외손자 오민준. 2번 오민준의 짝은 엘라다. 3모둠이 그 잔혹한 사건의 근원이라는 정보를 엘라가 어디서 얻었는지 알겠다.

옆 분단을 보자 시선을 피하는 3번 이찬효. 초등학교 때는 저렇게 말없이 조용하기만 한 분위기는 아니었던 것 같은데.

4번 정소미는 너무 말라서 교복이 몸을 입고 있는 것 같다. 점심시간에 급식은 먹는 시늉만 하고 교실로 와서 책상에 엎드려 잔다. 지금은 세상 귀찮다는 표정으로 허공을 바라본다. 마감 앞두고 최종 파일 날린 우리 엄마가 짓는 표정을 네가 왜.

마지막으로 충격적 반전이 없는 한 혐의를 벗을 예정인 5번 홍다희. 용의자와 정들면 안 되는데 어쩌지, 오늘 쟤한테 최소나 최대를 얻어먹기로 했으니. 먹을 것에 약한 성향이야말로 나의 강력한 무기……는 아니고, 약점이다. 난 먹는 일이라면 영혼까지 다해 진심이다.

폰을 반납하기 전, 호수가 보낸 사진을 확인했다. 바쁜 등교 시간에 어디에서 구했는지 커다란 파라솔을 고깔모자처럼 책상에 씌워 놨다. 나는 카톡 목록에서 다희를 찾다가 아 맞아, 하고는 문자 메시지로 사진을 전송했다. 다희가 사진을 확인하더니 조용히 활짝 웃는다. 책상 걱정을 끊고 수업에 전념하게 해 줬으니 웬만하면 최대 쪽으로 보답하기를!

내가 나를 싫어해도 되는 이유

마을버스 정류장까지 몇 걸음 거리를 두고 김진아를 따라갔다.

학교에서 몇 번이나 진아에게 말을 걸려고 했지만 실패, 계속 실패. 기회가 오면 용기가 달아났고, 용기가 생기면 진아가 사라졌다. 나는 용기와 기회가 합쳐지는 순간을 기다리며 1번 김진아의 주변을 맴돌았다. 급식실에서 대각선 맞은편에 앉은 진아와 눈이 마주쳤을 때는 당황한 나머지 코로 된장국을 뿜을 뻔했다.

진아는 다음 차가 11분 뒤에 온다고 표시된 전광판을 확인하더니 뒤를 돌아보았다. 물론 그 자리에는 내가 있었다.

"최은율. 너 왜 자꾸 나 따라다녀?"

"어? 나? 그, 그게, 뭐 좀 물어보려고."

말을 더듬거리질 않나, 손가락으로 머리카락을 꼬질 않나, 시작부터 엉망이다. 점심시간에 짜고 뜨거운 된장국을 흡입했던 콧속이 따갑다. 나도 다희처럼 누군가를 졸졸 따라다니는 새끼 오리가 된 기분.

"뭔데? 말해 봐."

진아가 벤치에 앉더니 이어폰을 뺐다. 스윈의 신곡이 새어 나왔다. 나는 한 사람 몫의 간격을 두고 그 옆에 앉았는데, 우리 둘 사이에 있는 사람은 물론 스윈의 막내 멤버 용후였다.

"새고방에 올라왔던 거, 봤지?"

첫 번째 용의자에게 첫 번째 질문을 던지고는 침을 삼켰다.

"같은 반 되기 싫은 애 최은율? 봤지."

날아오는 돌주먹에 명치뼈를 맞으면 이런 느낌일까. 나는 두 손으로 주먹을 쥐었다가 풀었다.

"원래 3모둠 단톡방에 올리려던 메시지라던데……."

"누가 그래?"

"누군지가 중요한 게 아니라, 아니 중요하긴 한데 암튼 그거 혹시 너야? 나랑 같은 반 되기 싫다고 한 사람."

침을 한 번 더 삼키고는 질러 버린다. 호수 말대로 달리 뾰족한 방법이 없으니까.

"그건 말 못 해."

"왜? 왜 말을 못 해?"

"그 일에 관해선 아무 말도 하지 말자고 약속했으니까. 난 아니라고 하면 그것도 약속을 깨는 거잖아. 그냥 아무 말도 안 할래."

3모둠에서 '내년에'는 같은 반 되기 싫은 애란 주제로 이야기가 나오기는 했나 보다. 자기네 모둠은 결백하다며 잡아떼는 게 차라리 낫지 않나 싶던 그때, 진아가 말했다.

"너도 듣고 온 얘기가 있을 테니까 완전 부정은 안 할게. 그리고 또, 네 기분을 아주 모르는 것도 아니고."

중2병 걸린 꼽등이처럼 미쳐 날뛰다가도 갑질에 시달리는 시녀처럼 축축 처지는 내 기분을 안다고?

"근데 넌, 누가 널 싫어하는지는 왜 알고 싶어?"

"당연히 알고 싶지. 궁금하잖아."

"당연히는 아니고. 똥 밟았다 생각하고 무시할 사람도 많을걸."

오히려 진아가 나에게 답변을, 그것도 깊이 있는 답변을 요구한다. 첫 탐문부터 확실히 망한 느낌.

"그러니까 음, 아, 그래! 달걀 다섯 개가 있다고 쳐 봐. 하나가 상했다는 걸 알면 어떨 거 같아? 상한 걸 찾아서 빼고 싶겠지. 안 그러면 다른 달걀도 맘 놓고 못 먹잖아."

먹는 얘기로 바꿔서 생각하니까 말문이 열린다. 상한 달걀이라니 주부 느낌이 나지만 괜찮은 비유 같았다. 아빠를 거들어 집안일을 해 온 경력이 빛을 발한다. 민율 언니는 손 하나 까딱 안 하고, 엄마는 이거 해라 저거 해라 눈빛만 까딱거린다.

"꼭 미리 그럴 거 없지 않나. 먹을 때마다 하나씩 확인해 보면 되잖아. 멀쩡하면 먹고, 이상하면 버리고."

"나 지금 그러려는 건데. 3모둠 애들 한 명씩 찾아가서 너냐, 왜 그랬냐, 물어볼 거야."

"내가 처음이야?"

"응."

"뭐야, 제일 의심스러웠나 보네."

의심순이 아니라 가나다순이라고 말해 주려는데 진아가 좋알거렸다.

"하긴 너, 미움받을 짓을 하긴 했지. 우리 용후한테 탈모라니."

역시 애는 여름 방학 직전의 일을 잊지 않고 있었다.

2반 애들은 입학하고 며칠 지나지 않아, 용후가 7월 9일 아침 8시 40분

경에 태어났고 어려서부터 아토피로 고생했지만 현재는 윤기가 흐르는 꿀피부로 거듭났으며 초등학교 때 반 대항 피구를 하다가 오른쪽 귀 옆이 찢어져 꿰맸는데 흉터가 남았고 열다섯 살 때부터 연습생 생활을 시작해 열아홉 살 생일에 데뷔했다는 사실을 알게 되었다, 헉헉! 진아는 쉬는 시간마다 교실을 돌아다니며 스윈 영업을 했다. 스윈은 유명한 아이돌이 아니다. 광팬 김진아가 아니었다면 이름만 스쳐 듣고 말았을 그룹이다. 진아는 스윈의 모든 노래가 영혼의 척추를 파고드는 명곡이라며 일단 듣고 판단해 보라고 했다. 진아의 '일단'은 '끊임없이 쉬지 않고'라는 뜻이다. 2반 전원을 달달 볶은 끝에 두어 명을 입덕시키기도 했지만 반쯤 강요라서 그런지 걔들은 탈덕도 빨랐다. 진아는 22세기가 밝아도 보청기 끼고 스윈의 명곡을 들을 일편단심이다.

"난 그냥 보이는 대로 말한 건데……. 그 사진, 정수리가 엄청 휑했다고. 어쩌다가 사진이 그렇게 나온 거겠지만."

두 달 만의 변명.

우리 용후 멋있지, 하고 들이민 사진을 보고, 나는 이 사람 탈모 아니냐고 했다. 그러자 진아가 대멸종에서 되살아난 거대 공룡처럼 소리소리 지르는 바람에 난 놀라서 조퇴할 뻔했으나 급식으로 안심 돈가스가 나오는 날이라 참았다. 그날 이후로 아무도 얘 앞에서 용후 욕은 안(못) 한다.

"용후, 탈모 기운 있는 거 맞아. 유전인가 봐. 뭐 어때, 탈모가 죄도 아니잖아."

두 달 만의 쿨함.

"최은율, 넌 너랑 같은 반 되기 싫다는 말이 싫어? 걔도 너처럼 자기 생각을 말했을 뿐이잖아."

"그건 아니지! 사람들 많은 단톡방에서 그런 얘기를 한다는 건……."

"그날도 교실에 사람 많았어. 넌 애들 다 듣게 큰 소리로 말했고."

뚫어 놓은 말문이 도로 막혔다. 조금은 부끄러웠다. 그날 나의 큰 목소리가, 생각나는 대로 던진 말이, 진아의 눈에 글썽이는 눈물을 보고도 사과하지 않은 고집이. 내가 김진아 너한테 탈모라고 한 것도 아닌데 아이돌 한 명 갖고 왜 난리야, 싶었다. 그때는 그랬다.

"용후가 말은 안 해도 머리에 얼마나 신경을 쓰는데. 너도 누가 너한테 여드름 났다고 하면 좋아?"

"김진아!"

"나도 보이는 대로, 생각나는 대로 말한 건데 듣기 싫지?"

나는 바른말만 하는 진아를 어쩌지 못해 두 손으로 내 머리만 쥐어뜯고는 손빗질을 한다. 여드름으로도 모자라 머리까지 부스스하면 감당 안 된다.

"그래, 알았어. 그때 일은 미안해."

지금이라도 사과하지 않으면 22세기에 보청기 낀 상태로 길에서 마주쳐도 진아는 이 얘기를 꺼낼 것이다. 그때는 용후가 마침내 대머리가 된 다음이라 해도 말이다.

"용후 눈이 너무 예뻐서 자랑한 건데 넌 탈모 얘기만 하더라. 깜짝 놀랐어. 어떻게 용후 눈을 안 보고 머리만 보지? 근데 생각해 보니까, 남들도 용후를 좋아해야 한다는 법은 없잖아? 내가 좋으면 됐지, 다른 사람이 용후에게 뭐라 하든 신경 안 쓰기로 했어. 내 마음이 진짜면 된다는 깨달음을 얻었지."

그러더니 진아는 나를 바라보며 물었다.

"너 말이야. 널 싫어하는 애를 찾으려는 거야, 아니면 네가 널 싫어해도 되는 이유를 찾고 싶은 거야?"

"……."

'난 나 안 싫거든!' 대꾸하고 싶지만 그러지 못한다. 거짓말보다는 침묵이 낫겠지.

"나도 예전엔 내가 싫어서 맨날 기분이 나빴거든. 누가 나한테 조금만 뭐라 그러면 얼른 그 얘기를 마음에 챙겨 담았어. 날 싫어해도 되는 이유 하나 득템, 이런 식으로. 근데 용후 좋아하면서부터 나아졌어. 좋은 사람을 좋아하게 되면 그러는 나 자신까지 좋아지는 거 같아."

"넌 용후가 왜 좋은데?"

그것은 즉, 진아 넌 너 자신이 왜 좋으냐는 말과 같았다.

"나랑 비슷해서. 외롭고 심심해서 노래를 불렀대."

그것은 즉, 진아도 외롭고 심심했다는 얘기.

"사람은 원래 다 좀 외롭고 심심하고 그런 거 같아. 그치만 내 옆에는 용후가 있으니까 괜찮아."

마을버스가 왔다. 진아는 이어폰을 끼고는 용후의 노랫소리와 함께 버스에 탔다.

나는 버스 정류장에 혼자 남아, 외롭고 심심한 김진아를 상상해 보려 했지만 쉽지 않았다. 진아는 시끄럽고 분주해서 조용할 틈이라고는 없는…… 아! 생각났다. 조례가 시작되기 전, 창밖을 바라보며 스윈의 노래를 듣던 표정. 스윈이 해체 발표라도 했나 싶을 정도로 가라앉아 있었다. 그게 외로움일까? 현서가 없는 교실과 호수가 없는 옆집을 떠올리자 나도 막막해졌다. 두 시간 동안 지하철을 타고 가야 하는데 폰 배터리 잔량이

16퍼센트인 느낌.

폰에 알림창이 떴다. 진아가 용후 노래의 동영상 링크를 보냈다.

- 띵곡이니까 들어 봐. 그리고 이건 갑자기 착한 척하고 싶어서 알려
주는 건데, 다희는 단톡방에 없었어. 걔 폰이 구리거든.

진세란 작가와 그녀의 찐팬

호수는 한턱 쏘는 사람이 내가 아니라 잘 알지도 못하는 옆 반 애라는
사실에 당황하는 눈치였지만 그러거나 말거나. 나는 피자를 향한 열망을
담아 다희를 바라보았다.

"지금 혹시, 불고기 피자 먹고 싶어?"

다희가 말했다.

"뭐야, 어떻게 알았어?"

"어떻게 알긴, 너 지금 눈이 막 이글거려. 숯불갈비 같아."

끼어드는 호수. 참 나, 내 식욕에 내 눈빛인데 창피함은 왜 네 몫이냐고.

"그렇다면 가자! 불고기 피자 먹으러!"

먹을 것 앞에서는 없던 자신감과 리더십이 원 플러스 원 사이드 메뉴처
럼 튀어나오는 나.

"미안한데…… 너희 집에서 시켜 먹으면 안 될까?"

다희가 어렵게 이야기를 꺼냈다.

"이 시간에 집에서 공부 안 하고 피자 먹고 있는 걸 누가 보면 좀 그래

서. 동네에 우리 엄마 아빠 아는 사람도 많고 하니까……."

다희의 부모님이 커다란 쌀주머니에 든 다희를 대통령 책상만큼 큰 책상에 짜는 모습이 떠올랐다. 공부하는 모습으로 쌓아 올려지는 다희는 오래된 생크림처럼 흐물흐물했다.

"그럴까? 그래, 그러자!"

"고마워, 은율아."

다희는 나와 호수가 책상을 구해 줬을 때처럼 두 손을 맞잡고 기뻐했다.

누가 보면 피자 쏘는 사람이 나인 줄 알겠네, 생각했는데 내 용돈의 출처인 엄마가 피자를 사 주겠다고 나섰다. 우리 셋이 집에 들어간 시점이 절묘했다. 마감에 시달리는 엄마가 냉장고를 열어 보고는 그 공허하고 황량한 공간에 허무해하던 순간이었으니까.

"은율이가 새 친구를 데려왔는데 피자 정도는 대접해야지."

엄마는 폰을 집어 들었다.

"혹시, 화가서?"

엄마가 피자를 주문하는 사이, 다희가 조그만 목소리로 물었다.

"삽화가야, 일러스트레이터. 그건 또 어떻게 알았어?"

"그냥, 분위기가."

다희는 별빛이 쏟아질 듯 반짝이는 눈을 하고는 엄마를 본다.

"다희라 그랬지? 이래 봬도 세수하고 나온 얼굴인데 개기름 덜 닦였니?"

"아뇨, 그게 아니라 삽화가를 실제로 만난 게 처음이라서요! 저 그림책 작가가 되고 싶거든요!"

느낌표가 붙는 느낌으로 말하는 다희는 처음이다. 평소에는 물에 가만히 젖었다가 마른 종이 귀퉁이만큼이나 조용조용한 애다.

"어머, 진짜? 오늘 동지 만났네. 반갑다, 다희야."

엄마가 다희 손을 잡고 흔들었다. 다희는 엄마와 함께 날아올라 저 하늘의 별이라도 딸 듯, 반짝번쩍 느낌표 백만 개.

엄마는 신바람이 나서는 작업한 책을 몇 권 가지고 나와 내밀었다. 그 책을 보고 헉 소리가 나게 놀라는 다희.

"진세란 작가님이세요? 저 작가님 팬인데!"

"뭐! 날 알아?"

진세란 작가가 소리쳤다.

"제가 얼마나 좋아하는데요. 이 책들 다 있어요. 용돈 모아 샀어요."

"소중한 용돈으로 내 책을!"

두 사람은 깊고 뜨거운 눈으로 서로 응시했다. 무명 삽화가와 이 세상 유일한 찐팬의 운명적 만남. 배경 음악이라노 깔아 줄까 싶어 폰을 뒤적이는데 딩동, 소리가 울렸다. 불고기 피자 라지 두 판에 치즈볼과 사이다가 왔다.

"다희야, 많이 먹어. 너처럼 안목 있는 꿈나무는 많이 먹고 무럭무럭 자라야 돼. 앞으로 자주 놀러 오고 여길 그저 내 집이다, 생각해."

진세란 작가는 꿈나무의 앞접시에 가장 큰 피자 조각을 덜어 주고 사이다도 따라 주었다. 쑥스러워하는 꿈나무, 행복한 꿈나무.

"너희도 많이 먹고."

나와 호수를 보며 다분히 형식적으로 말하는 엄마.

"장래 희망이 그림책 작가면, 평소에 그림도 그리고 그러겠네?"

엄마가 묻자 타오르는 불꽃처럼 화르르 밝아졌던 다희의 얼굴이 푸시시 소리를 내며 어두워졌다.

"다희 그림 잘 그려. 그림 책상도 있어."

지하로 파고드는 다희를 대신해서 내가 말해 줬다.

"그림용 책상이 다 있어? 다희 대단하다. 은율이 잰 하나 있는 책상도 쓰레기통으로 쓰는데."

괜히 말해 줬다.

"이젠 그림 책상 못 써요······."

다희가 피자를 입에 문 채로 울먹울먹했다.

호수가 왜 애를 울리고 그러냐는 눈빛으로 나를 봤다. 괜한 말을 했나 싶어서 나도 후회하는 참이었다.

"왜? 망가졌어?"

눈치 없는 딸의 눈치 없는 엄마가 캐물었다.

"그건 아닌데 부모님이 버렸어요. 이제 그림 그리지 말래요. 중학생이니까 공부만 하래요."

"그렇구나. 다희는 공부 잘하는 게 더 좋아, 그림 잘 그리는 게 더 좋아?"

"저요? 저는······ 그림을 좋아하는 제가 좋아요."

"아, 그렇지. 잘하고 못하고가 문제가 아니라 뭐든 좋아서 하는 게 최고지. 내가 참 바보 같은 질문을 다 했네."

엄마가 사과의 의미인지, 두 번째로 큰 피자 조각까지 다희에게 주었다. 다희는 우는 눈으로도 웃으면서 피자를 먹었다.

작업실에서 전화벨이 울린다.

"벌써 수정이 들어왔나?"

엄마는 이렇게 부르짖더니 입에 피자 한 조각을 새로이 물고 작업실로 달려갔다.

"작가님 지금 막 되게 바쁘신 거지? 너무 멋있다."

다희는 눈물이 어려 촉촉하고 영롱한 눈으로 작업실을 봤다. 꽝 닫은 여파에 3년 전 달력이 흔들거리는 문이 아름답고 즐거운 꿈나무의 나라로 가는 입구라도 된다는 듯이.

"멋있어? 우리 엄마가?"

"응, 나도 작가님처럼 되고 싶어."

"나도 가끔 아줌마 멋있단 생각 들어. 그림 잘 그리시잖아. 책 나오면 우리 엄마는 꼭 사인 받던데."

아, 진세란 작가의 팬이 한 명 더 있었다. 옆집 이모는 엄마 책이 나올 때마다 두 권씩 사서 앞장에 사인을 받고, 엄마를 민율 엄마나 은율 엄마가 아니라 세란 씨라고 부른다.

"책상은 어떻게 할 거야? 밖에 놔두면 안 될 거 같은데."

호수가 폰으로 사진 한 장을 보여 줬다. 아파트 게시판에 붙은 공고문이었다. 단지 내에 방치된 가구, 자전거 등을 모두 폐기할 테니 주인은 찾아가거나 폐기물 스티커를 붙여 지정된 장소에 갖다 놓으라는 내용이다. 기한이 며칠 남지 않았다.

"아, 어떡하지."

다희의 얼굴에서 빛이 사라졌다.

얘는 왜 이렇게 밝아졌다 어두워졌다 깜빡거릴까. 그림 책상을 컨테이너 뒤에 갖다 놓자고 한 사람이 나였다. 엄마가 최근 그림을 그린 책은 《쓴 물건은 제자리에》라는 동화다. 내 물건은 아니지만 나는 다희의 그림 책상을 컴컴하고 축축한 구석에서 꺼내어 제자리에 갖다 놔야 한다는 의

무감을 느꼈다. 제자리가 어디일까, 고민하다 보니 깜빡거리다가 환해지는 머릿속!

"다희야. 너 책상 구독할래?"

"구독?"

다희가 되물었다.

"내가 요즘 엄마랑 아빠한테 결혼이 구독제라면 다시 구독할 거냐, 물어봤거든."

"결혼?"

호수가 중얼거린다.

아차 싶었다. 이혼 위기에 빠진 엄마 아빠를 둔 호수의 얼굴이 어두워진다. 어쩔 수 없고 책상부터 해결하자.

"책상을 정기 구독하는 거야. 우리 집에 놔두고 너 필요할 때마다 와서 쓰면 돼."

"정말? 그래도 돼?"

다희는 어둠에서 다시 빛의 방향으로 깜빡거린다.

"우리 집을 너네 집처럼 생각하라고 엄마가 방금 전에 그랬잖아. 책상은 작업실에 두면 될 거야. 한번 말해 볼게."

엄마도 자신이 한 말에 책임을 져야 한다. 우리 집에서 책상을 놓을 만한 곳이라고는 작업실뿐이다. 내 책상이 쓰레기통이라고? 엄마 작업실은 동네 벼룩시장 수준이다. 책상과 벽 틈에서 단군 할아버지가 쓰던 지팡이가 나와도 이상하지 않다. 그러니 책상 하나쯤 끼워 넣어도 자연스럽기 그지없겠지.

"지, 진세란 작가님하고 가, 가, 같은 방을 쓴다고……?"

다희의 숨이 가빠진다. 찬물이라도 갖다줘야 하나. 진아가 용후를 코앞에서 보면 이런 상태가 될까?

"구독이면, 구독료도 있어?"

우리 집 엄마만큼 눈치 없는 옆집 아들, 한호수.

다희도 얼마냐고 묻는 얼굴로 나를 봤다. 유치원 때부터 모아 놓은 세뱃돈 있으니까 부담 느끼지 말고 말해 줘, 그런 표정이다.

"돈은 됐고, 날 그려 줄래? 초상화 같은 거."

"사람은 잘 못 그리는데……."

"그게 더 좋아. 너무 사실적으로 그리면 곤란해."

"알았어. 열심히 해 볼게."

"고마워. 우리 노래 들으면서 먹자."

나는 진아가 보내 준 뮤직영상을 틀었다. 몇 달 전에 나온 스윈의 싱글 앨범. 용후가 흐느적 춤추면서 '비슷해 보여도 똑같지는 않아' 노래한다.

열네 살, 새별중 1학년, 비슷한 껍데기 안에 든 우리. 하지만 우리 마음은 똑같지 않았다. 용후의 목소리로 외로움을 달랬다는 진아, 그림을 그리며 막 자유로워지고 싶은 다희, 제주도와 자목련동의 갈림길에 선 호수, 누가 날 왜 싫어하는지 알고 싶은 최은율.

너 스스로 널 싫어해도 되는 이유를 찾고 싶은 거냐고 묻던 진아의 말이 귓전에 울렸다. 홍쌤은 진실이 상쾌하지만은 않다고, 때로는 아프거나 슬프고, 허탈하기도 하다고 말했다.

용후를 향한 진아의 사랑처럼, 노래가 반복됐다.

용후를 걸고 맹세하는데

"우리 용후 노래 들어 봤어? 개멋지지?"

진아가 화장실에 간 내 짝의 자리를 차지하더니 말했다. 꿈꾸듯 턱을 괴고 먼 곳을 바라보는 진아. 그림 얘기 할 때의 다희와 비슷하다.

생각난 김에 다희를 보니, 학원 숙제를 하는 모양이었다. 다희는 학원도 여러 군데 다니고 과외도 많다. 쉬는 시간마다 책을 붙들고 있어야 할 정도다.

그림 책상은 나와 다희, 호수가 힘을 합해 엄마의 작업실에 가져다 놨다. 엄마는 우리 이야기를 듣고는 책상 구독제에 큰 관심을 보였다. 아빠한테 물어봤더니 아빠는 이 결혼을 매우 찬성하며 평생 구독권을 구매했다고 답했다는 것이다. 그러니 다희의 책상 구독에도 찬성한다고 밝혔다. 엄마 아빠의 결혼과 다희의 책상 사이에 무슨 관련이 있는지는 모르겠지만 방 주인이 찬성한다니 다행이었다. 다희는 매주 수요일과 금요일 5시부터 6시 30분까지 시간이 빈다면서 그때마다 우리 집에 와도 되겠느냐고 물었다. 월수금 가던 학원을 월화로 바꾼 참이라 문제없었다. 민율 언니는 나와 달리 학원을 왕창 다닌다. 엄마 말대로, 공부 잘하는 사람은 우리 집에 언니 한 명으로 충분할지도. 엄마는 다희와 방을 함께 쓸 때면 잠시 작업을 쉬면서 책을 보거나 밀린 이메일에 답장을 쓰겠다고 했다.

"새고방 메시지, 넌 아니지?"

진아에게 기습 질문.

"당연히 아니……" 하더니 흡, 입을 다무는 진아. 오, 걸려들었어? 혹시나 해서 써 본 방법인데 통하다니.

"용후 생각하고 있었는데 치사하게."

"노래 괜찮더라."

내 한마디에 스윈 용후학의 권위자 김진아는 흘겨보던 눈매를 풀었다. 그리고 나는 국어 공책 사이에 끼워 둔 포토카드를 풀었다.

"용후잖아!"

진아가 용암처럼 솟구쳐 오르더니 용후 포카를 빼앗듯 가져가 가슴에 품었다.

"이거 빼곤 다 모았는데! 희귀템인데!"

나는 주변의 시선이 신경 쓰여서 진아를 잡아당겨 앉혔다.

"아, 쫌! 다 쳐다보잖아."

"이 포카 시세가……."

"안 팔아."

"왜? 왜 안 팔아!"

"그냥 주려고 갖고 온 거야."

"플미 붙은 용후 포카를 공짜로 준다고?"

"사은품인데 뭐. 우리 언니가 화장품 사고 받은 스윈 앨범에 들어 있었어."

"그 화장품! 일곱 개 사고 일곱 번 응모했는데 몽땅 꽝이었어."

"언니는 스윈을 안 좋…… 잘 몰라서 앨범 받아 놓고 까먹었대. 방 청소하다가 나왔어."

민율 언니가 종량제 봉지에 버린 걸 주웠다는 이야기는 하지 않았다.

어젯밤, 스윈의 앨범을 열어 봤더니 지문 자국 하나 없는 용후의 포카가 있었다. 번개 뒤의 천둥처럼 진아가 떠올랐다. 쓸쓸하고 외로운 날 응

크리거나 엎드려 용후의 노래를 들었을 진아. 계절 탓이다. 가을이면 난 감상적이 되어서 우울감이나 인류애에 발바닥을 적신다.

"정말 나 주는 거야?"

"응."

"정말! 개멋져!"

진아는 포카 뒷면을 새로 돋은 심장처럼 손바닥에 착 붙이고는 두 팔을 벌려 나를 얼싸안았다. 민율 언니가 쓰는 토너 향이 났다. 얼굴이 일곱 개도 아니니 일곱 병을 다 쓰려면 멀었겠지.

"우리 용후를 걸고 맹세하는데, 난 정말 아니야. 너랑 3년 내내 같은 반 되고 싶어."

겨우 떼어 내고 나니, 진아가 내 어깨에 손을 올리며 선언했다. 용후까지 걸었다면 이건 하늘이 쪼개져도 진실이고 진심인 거다. 종이 치자 진아는 머리 어깨 무릎 발로 스윙의 춤을 추며 자기 자리로 돌아갔다.

포카 한 장에 저렇게 행복해하다니. 챙겨 오길 잘했다. 책상 구독도 그렇고 용후 포카도 그렇고, 다희와 진아의 반응을 보니 내가 꼭 좋은 사람이 된 것 같잖아. 솔직히 말하자면, 3년 내내 나랑 같은 반이 되고 싶다고 말해 준 진아가 고마웠다.

선생님이 들어오기 전, 국어 공책을 펼치고 적었다.

☆ 5번 홍다희는 주변 진술에 따라 무혐의 처리.

☆ 1번 김진아도 무혐의로 결론 내림. 단, 앞으로 용후 포카 같은 건 주지 말 것. 분위기가 너무 웅장해져서 부담스러움.

2번 오민준:
연의 마음

슬픈 사람끼리는

가을 날씨는 내 기분처럼 변덕이 심했다. 아침은 쌀쌀하고 밤은 추운데 낮에는 덥고 저녁 무렵에는 딱 좋았다. 뭐에 좋은가, 벤치에 앉아 아아 마시며 심각한 탐구 활동을 하기에 좋았다.

텀블러에 받아 온 아아를 스테인리스 빨대로 빨아 마시면서 동그라미 분식의 간판을 살핀다. 2번 용의자 오민준, 걔네 할머니 할아버지가 운영하는 분식집이다. 간판에 그려진 동그라미 세 개. 왜 하필 셋일까? 새고방에서 날 망신 준 범인도 닉네임이 점 세 개였는데. 세 개의 점은 오민준이 '나 찾아 봐라!' 하며 흘린 미끼일까? 아니면 부주의하게 남기고 만 지문이나 머리카락 같은 단서?

나는 탐구 활동에 빠져든 나머지, 누군가 옆에 와서 앉는데도 몰랐다.

"뭐 봐?"

"저기 간판. 동그라미가 세……"까지 발설하고서야 나는 말을 건 사람이 오민준이라는 사실을 알아차렸다. 나오던 말을 삼키며 죄 없는 빨대나 깨물었더니 윽, 앞니 아파.

"동그라미가 왜? 가게 이름이 동그라미잖아."

"그래, 그렇겠지."

"너 새고방에 메시지 올린 사람 찾는다면서?"

"누가 그래?"

"다들 그래."

부모님 뜻에 따라 SNS와는 담을 쌓고 사는 다희도 어디선가 점셋 이야기를 듣고 왔는지, 그 소문이 진짜냐고 조심스레 물었다. 나는 네가 속한 3모둠에 범인이 있다는 제보를 받았노라 답했다. 그러자 다희가 자기는 그 단톡방에 들어간 적이 없다고 말했다. 그림 책상을 들여놓은 진세란 작가의 작업실에서 추방될까 봐 두려운 듯했다. 나는 또 다른 제보와 나의 판단력에 따라 널 용의자 목록에서 지웠노라 알렸다. 그러자 안심한 다희는 내 초상화를 예쁘게 그려 주겠다 약속했고, 나는 저번에 말했다시피 너무 생긴 대로만 그리지 않으면 된다고 했다. 그것으로 5번 홍다희는 완료.

"사실은 그거, 3모둠 단톡방에서 나온 얘기야. 내년에 같은 반 되기 싫은 애."

민준이가 어설픈 밀고자처럼 주변을 둘러보더니 속닥였다.

"알아."

"알아? 어떻게?"

"네가 엘라한테 말해 줬으니까."

"그걸 엘라가 너한테 말해 줬다고?"

"말해 준 사람이 너라고는 안 했어. 그리고 너도 지금 나한테 말하고 있잖아."

"그건 그렇지만……."

민준이는 김샌다는 표정으로 입맛을 다시더니 다시 한번 사방을 두리번거리고는 내 쪽으로 반 뼘쯤 당겨 앉았다.

"아는 건 그게 다야?"

"뭘 더 알아야 되는데."

"역시 하나만 알고 둘은 모르는구나."

의기양양 오민준. 그 어떤 협박에도 굴하지 않겠다는 듯 입술을 앙다물지만 데굴데굴 곁눈질하는 걸 보니 어서 물어봐 달라고 안달이 난 상태.

"무슨 말인지 모르겠네."

나는 딴청을 피웠다. 우리 집 고양이와 밀낭을 하며 익힌 기술이다. 녀석은 따라다니고 만지고 귀찮게 하면 높은 곳이나 구석으로 숨어 버린다. 그럴 때면 난 너한테 관심이 통 없는걸요, 하고 모른 척해야 다가와서 다리에 몸을 비비거나 냐앙 애교를 부린다.

"최은율, 넌 아주 중요한 걸 놓치고 있어."

"알 수가 없어서 모르는 건데 어쩌겠어."

"으아, 답답해. 답답한 거 몸에 안 좋으니까 너무 참고만 살지 말라고 할머니가 그랬는데."

뜬금없이 슬픈 표정. 얘가 왜 이러지, 나까지 답답해지려는데 그새를 못 참고 입을 여는 오민준.

"이러다가 몸 상하면 안 되니까 말을 해야겠다. 너랑 같은 반 되기 싫다는 얘기는 3모둠 단톡방엔 안 올라왔어."

"그게 무슨 소리야? 방금 전엔 그 얘기 했다면서?"

"우리 방에서 내년에 같은 반 되기 싫은 사람 한 명씩 말해 보자고 한 건 맞아. 근데 거기서 널 콕 짚은 사람은 없었다고."

"난 또 뭐라고, 당연하잖아. 새고방에 잘못 쓴 말을 모둠 단톡방에 다시 올렸겠어? 그럼 자기가 사고 쳤다는 게 들통나는데."

"아, 그런가?"

민준이는 말은 그렇게 하면서도 얘기가 그렇게 되느냐는 듯 고개를 갸우뚱했다.

으아, 답답해. 이러다가 내 건강부터 나빠지겠다. 뭔가 대단한 소식인가 기대한 그 잠깐이 억울했다.

"카톡 좀 보여 줄 수 있어? 그날 너네 단톡방에서 아무 말도 안 한 사람이 범인일 가능성이 높은 거 같아."

"단톡방에 답한 사람 한 명밖에 없어. 새고방에 올라온 게 두 번째 답이었는데 그 뒤론 분위기 싸해져서 다들 흩어졌단 말이야. 방도 없애고 새로 팠고. 애들 뒷담화하다가 들킨 건데 놔두긴 찜찜하잖아."

"단톡방에 답한 사람은 누군데?"

"그건…… 비밀로 하자고 약속했어."

진아가 말한 내용과 일치했지만 나는 짐짓 못 믿겠다는 표정을 지었다.

"엘라한테는 말했으면서."

"자세한 얘기는 안 했어. 그런 일이 있었다고만 말해 준 거야."

"혹시 너 그날 단톡방 상황, 엘라한테 갠톡으로 생중계해 주고 있었던 거 아니야? 그러다가 너희 둘 중 한 명이 새고방에 메시지를 잘못 올렸다거나?"

"아니야! 그런 거 아니야!"

민준이는 벤치가 들썩일 만큼 펄쩍 뛰었다.

"아니라는 걸 어떻게 믿어."

민준이가 격한 반응을 보이면 보일수록 나는 침착해졌다. 나에게 이토록 냉철한 수사 본능이 있을 줄이야. 3모둠이 아닌 엘라가 의외의 범인일지도 모른다고 생각하니 묘한 긴장감이 갈비뼈 부근을 훑고 지나갔다. 만약 엘라가 점셋이라면, 걔는 대담하기 짝이 없는 위장 전술을 써서 나에게 접근한 것이다.

"안 믿을지도 모르지만 난 이미 단톡방에서 대답을 했다고" 하더니 민준이는 "개망했네" 중얼거리고는 두 손으로 머리를 감싸 쥐었다. 자기 입으로 비밀이라 해 놓고 자기가 말했으니, 내가 보기에도 얘는 망했다. 상대적으로 나는 흥했고. 이런 걸로 성공하고 싶은 야망은 없었는데.

"단톡방에서 대답한 사람이 너란 거지?"

"……난 네 얘기는 안 했어."

"그럼 엘라는? 새고방 그 메시지, 엘라 아냐?"

"엘라는 아니야."

민준이가 헝클어져 부스스한 머리를 흔들었다. 어떻게 된 게 자기 자신을 변호할 때보다 더 성의 있는 눈빛이다.

"그걸 어떻게 확신해?"

"내가 엘라한테 그 얘기를 해 준 건 토요일이야. 새고방 메시지는 금요일 밤에 올라왔잖아."

팔짱을 끼고 턱을 내민 채 민준이를 본다. 유능하고 노련한 수사관처럼 보이기를 바라면서.

"진짜야. 카톡 보여 줘?"

재킷 주머니에서 폰을 꺼내는 민준이. 카톡에서 엘라와 대화를 나눈 방을 눌렀지만 화면이 바뀌는 찰나에 생각이 바뀌었는지 폰을 뒤집었다.

"보여 줘도 되는지 엘라한테 먼저 물어보고. 이건 엘라 사생활이기도 하잖아."

그럼 그렇지, 어쩐지 전개가 입술에 묻은 핫도그 기름처럼 매끄럽다 했다.

"뭘 그렇게까지. 그냥 관두자."

민준이가 엘라에게 가서 네 사생활을 요만큼만 희생해 달라고 말하게 놔둘 수는 없었다. 그렇게 구차해지느니 계속 의심하며 괴로워하는 편이 낫지. 결정적 증거가 나오거나 정황상 무혐의로 판명될 때까지 나 혼자 은밀하게 엘라를 의심하기로 한다. 민준이가 이 부분에서는 나대지 말아 줬으면.

"저기, 나쁜 뜻은 없었어. 엘라가 우울해 보여서 재밌는 얘기 해 주려다가 그렇게 된 거야."

"재밌는 얘기? 넌 이 일이 재밌어?"

나를 엘라의 우울함을 달래는 이야깃거리로 삼았다 이거지! 텀블러에 꽂은 빨대라도 빼 들고 오민준을 혼내 주고 싶었다.

"나, 나도 엘라가 그 얘길 너한테 할 줄은 몰랐어. 아, 엘라를 탓하는 건 아니고."

"넌 이 상황에서 이엘라만 중요해?"

"엘라는 슬퍼서 그러는 거 같아. 슬픈 사람은 가끔 이상해지거든."

"엘라가 슬퍼? 뭐가 슬퍼?"

"몰라, 아무튼 슬퍼. 예전엔 몰랐는데 이젠 그게 보여. 슬픈 사람끼리는 알아보게 되나 봐."

떨어진 아아 대신 한숨을 마셨다. 한숨은 내쉬어야 제맛인데 들이마시니까 쓰고 시다. 가방에서 국어 공책을 꺼내 민준이가 보지 못하게 대놓고 손으로 가리면서 이 어이없는 사태를 정리했다. 안 그러면 목청이 터지도록 소리를 질러 내 목청과 얘 고막을 망가뜨릴지도 모른다. 건강은 중요하다.

☆ '내년에는 최은율과 같은 반이 되기 싫다'란 말은 3모둠 단톡방에는 올라오지 않았다.

☆ 3모둠 단톡방에서 답한 사람은 한 명인데, 그건 오민준이다. 오민준이 누구를 싫다고 했는지는 안물안궁. → 모든 용의자에 대한 탐문을 마친 다음에도 점셋이 안 나오면 그땐 오민준을 다시 조사할 것. 나를 지목하지 않았다는 말이 거짓일 수도 있음.

☆ 3모둠에서 나온 얘기를 이엘라한테 토요일에 들려줬다는 말이 혹시 거짓이라면, 엘라가 범인일 가능성도 있다. → 이엘라도 3모둠 탐문을 끝낸 다음에 처리할 것!

☆ 그리고…… 이엘라는 슬프다. 오민준도 슬프다. 슬픈 사람은 가끔 이상한 짓을 한다.

"엘라는 그렇다 치고, 넌 왜 슬픈데?"

공책을 덮으며 물었다. 어쩐지 물어봐야 할 것 같았다. 슬픈 사람끼리는 알아본다는 말은, 민준이도 슬프다는 뜻이었다.

민준이는 입을 달싹였다. 마음속 슬픔을 털어놓고 싶어 하는 입매였다. 그러니까 그게 그렇다. 누군가를 좋아하면 그 마음을 비밀 일기처럼 아무도 모르는 곳에 숨겨 놓고 싶은가 하면, 좋아하는 마음으로 온 세상을 하얗게 뒤덮고 싶어지기도 하지 않나? 펄펄 휘날리는 함박눈처럼 말이다. 엄마가 그림을 그린 《좋아하면 함박눈처럼》에 따르면 그렇다고 한다. 슬픔두 ㄱ와 비슷해서, 때로는 ㄴㄱ한데든 내색하고 싶은 ㅅ 아닐까.

"난, 우리 할머니 때문에."

민준이가 망설이다가 가게를 바라보며 답한다.

민준이의 할머니는 동그라미 분식집의 주방장이었다. 할아버지는 괴팍하고 고집만 센데 할머니는 친절하고 음식 솜씨도 좋았다.

"치매서. 그렇게 나이가 많지도 않은데 억울해. 이번 주에 요양원 들어가시게 돼서 가게 문도 닫은 거야. 이제 할머니 떡볶이를 아무도 못 먹는다고 생각하니까 맘이 되게 이상해서 여기라도 와 본 거고."

간판만 탐구하느라 몰랐는데 다시 보니 분식집 문이 닫혀 있다. 내가 민준이와 말싸움을 벌이고 동그라미 분식에 발걸음을 끊은 동안, 할머니에게 슬픈 일이 생겼다. 맥이 빠진다. 빨대로 때려 주고 싶은 2번 용의자라지만 오민준의 슬픔은 인정할 수밖에 없었다.

"최은율, 왜 너까지 축 처지고 그래."

"치매가 좋은 일은 아니니까."

"넌 우리 할머니 좋아하지도 않았잖아."

"할머니는 좋아했거든?"

"아, 할아버지는 싫었구나."

"그게 아니라……."

아니긴 뭘, 맞다. 변명을 포기한다.

말이 나왔으니까 하는 말이지만, 동그라미 분식의 주인할아버지는 비호감이다. 내키지 않는 주문이 들어오면(할아버지가 정한 메뉴인데요?) 안 그래도 부리부리한 눈을 한밤의 부엉이처럼 부라리면서 다른 걸 먹으라고 호통을 쳤다. 가게를 드나들 때는 인사를 해도 받아 주질 않아서 바닥에 돗자리 깔고 큰절이라도 올려야 하나 헷갈렸다. 그리고 떡볶이 먹다가 좀 떠들기라도 하면 할아버지에게 입 다물고 조용히 먹으라는 꾸중을 들어야 했다. 저희가 코로 먹는 코끼리도 아니고 입 다물고 어떻게 먹냐고요. 할아버지가 틀어 놓은 유튜브 방송 소리가 너무 커서 손님들은 목소리를 높일 수밖에 없었단 말이다.

주방에서 할아버지가 할머니에게 면박 주는 소리가 새어 나올 때마다, 별것 아닌 일로 손님과 싸우려 드는 할아버지를 말리며 할머니가 힘겨워할 때마다, 냄비 바닥에서 졸아붙은 떡볶이 국물처럼 나까지 쪼그라드는 느낌이었다.

"그래도 내가 설득해서 볼륨 좀 줄였어."

그 말에 나는 목을 큼큼 가다듬었다.

동그라미 분식에서 현서와 떡볶이를 먹고 온 날이면 귀가 먹먹했다. 동그라미에 안 가면 그만이었지만 그 집 떡볶이가 자목련동 최고였고 또, 할머니가 잘 있는지 궁금했다. 튀김을 한두 개씩 더 얹어 주고 머리 스타일이나 화장이 바뀌면 잘 어울린다고 칭찬하던 할머니. 내 눈에는 할머니가 좀, 슬퍼 보였다. 웃을 때마다 잘록하게 빚은 손만두 모양으로 휘어지던 눈도, 그 주변에 주름 잡히던 얇은 살갗도, 우두커니 앉아 벽을 바라보던 눈빛도. 일요일 아침의 안개처럼 뿌연 감정이었다.

참고 참다가 어느 날 민준이에게 말했다. 너희 할아버지가 동영상 볼륨을 너무 크게 해 놔서 힘들다고. 민준이는 "귀가 나빠서 그런 건데 뭐 어쩌라고!" 하며 싸우자고 덤볐다. 우리는 2분쯤 말씨름을 했으며 그 결과 나는 동그라미 분식에 발걸음을 끊었다.

"어느 날부턴가 확 나빠졌어."

"할아버지 귀?"

"아니, 우리 할머니."

"아."

"아무 데서나 화를 버럭 내 갖고 갑분싸에, 난 할머니가 할아버지한테 뭐라 그러는 거 처음 봤어. 알아, 그동안 너무 참으셨지. 그건 우리 할머니 잘한다 싶었는데 앞집 할머니랑은 왜 치고받고 싸우는 거냐고. 말리다가 팔꿈치에 치였잖아. 맞은 데는 어깬데 막 가슴이 아팠어. 할머니가 나 키워 줬는데……."

민준이가 그림자에 눈물을 떨구었다. 수다쟁이 오민준이 운다. 다시는 우리 가게 얼씬도 하지 말라고 치사하게 나오던 애가, 운다.

나는 어쩔 줄을 몰라 텀블러를 쥐었다가 가방을 뒤졌다가 부산을 떨었다. 피할 만큼 피했지만 딴청 부릴 거리도 떨어졌다.

"야, 울지 마."

"할머니가 울고 싶을 땐 울랬어. 참으면 병 된다 그랬다고."

그렇다면 울어라, 울어. 나는 민준이가 충분히 울기를 기다렸다.

욱하는 할아버지를 달래던 할머니가 다른 사람과 싸우고 다녔다니, 믿어지지 않았다. 내가 할머니의 손주이고 할머니가 나를 키워 줬다면 나도 민준이처럼 아무 데서나 눈물이 왈칵 터져 나왔을 것 같다. 가까운 사람이 어디론가 떠나는 일은 슬프다. 몸과 함께 마음도 멀어지기 때문이다. 친한 사람이 내가 알던 모습과 달라진다면 그것도 이별이 아닐까.

멀리 이사 간 현서를 생각하니 나도 울고 싶었지만 눈물은 나오지 않았다. 모르는 사이 마음의 겉껍질이 무뎌졌나 보다. 너무 자주 연락하고 그러지 말아야지. 현서도 새 학교에 적응할 시간과 여유가 필요할 테니까. 난 내 친구 현서가 언제 어디서든 잘 지내기를 바랐다.

"앞으론 뒷담화 안 할 거야. 단톡방에서 그 얘기, 내가 꺼냈거든."

말 안 해 준다, 비밀이다, 진을 치더니 묻지 않은 말까지 술술술.

"모둠 회의 하다가 따분해서 그런 건데 나 벌 받는 걸까? 잘못한 사람은 난데 왜 우리 할머니가 집을 떠나야 돼?"

나는 두 팔을 엇갈리게 해서 몸을 감쌌다. 저녁용 날씨의 등장으로 공기가 쌀쌀해졌다. 엉덩이에 닿는 벤치도 차갑다. 바들거리는 민준이의 어깨라도 두드려 주려다가 말았다. 아무리 그래도 그렇지, 우리가 그런 사이는 아닌 것 같았다.

"나중에 나랑 같이 요양원 가 줄 수 있어?"

"내가? 가족이 아닌데 괜찮나?"

"대충 손녀라고 하면 되잖아. 엄마, 아빠, 이모, 삼촌, 다 싫어. 나한텐 말도 안 하고 결정해 버렸어."

"그건 심했지만 너무 힘들어서 그런 거 아닐까? 집에 있으면 할머니도 위험하고. 불을 냈다거나 실종됐다는 기사 가끔 나오잖아."

호수네 외할머니도 치매여서 요양원에 계시다 돌아가셨다고 들었다. 옆집 이모는 치매 환자를 집에서 돌보는 건 싸구려 재료로 맛있는 음식을 만드는 것보다 더 어려운 일이라고 말했다.

"나쁜 사람들 편들지 마."

"편든 건 아니지만 미안."

할머니를 요양원에 모시기로 한 민준이의 가족이 나쁘다고 생각하지는 않지만 떼를 쓰는 민준이도 이해는 갔다. 나도 현서가 이사를 간다고 했을 때, 현서 잘못이 아니라는 사실을 알면서도 현서가 밉고 서운했다. 왜 싫다고 단식 투쟁이라도 벌이지 않는 거야? 전학 가기 싫다고 울 때는 언제고 그쪽 학교의 교복과 급식은 왜 알아보는데! 정신을 차리니 현서는 먼 도시로 떠난 뒤였고, 난 말도 안 되는 심술을 부린 내가 창피했다.

"암튼 최은율, 난 진짜 아니야. 너랑 싸웠다고 원한 품고 그런 거 아니라고."

"네가 갑자기 화낸 거였잖아."

"막 따지는 말투로 그러니까……."

"따지는 건 아니었는데……."

화해도 아니고 반성도 아니고 분위기가 민망해진다. 이럴 때면 다들 매달리는 데가 있다. 폰.

폰을 꺼냈지만 연락 온 데도 없다. 새고방 알림은 꺼 놨고 내가 속한 4모둠은 마감이 닥쳐야 꾸물꾸물 회의를 시작할 테고, 오늘따라 한호수도 바람 없는 날의 물결처럼 잠잠하다. 이쯤이면 학원 가기 싫다고 투덜대거나 치킨 먹고 싶은데 얼마 있냐고 떠보는 메시지가 와 있을 만도 한데. 호수의 카톡 프사를 보니 여전히 예쁜 그림자. 순간, 예지력이 나를 찾아왔다. 호수가 어디에서 뭐 하고 있는지 알 것 같았다.

내가 민준이와 헤어진 다음 향한 곳은, 버스로 40분이나 걸리는 신도시였다.

세계 할머니의 날

이게 무슨 짓인가 한숨을 내쉬면서 버스에서 내린다. 호수에게 지금 어디냐고 물어보면 그만이지만 이상하게도 그러기는 싫다. 여기까지 왔으니 확인은 해 봐야지. 기억을 더듬으며 걷자 크고 한적한 공원이 나왔다. 봄에 호수를 따라 와 본 스케이트보드 파크다.

어스름과 가로등 불빛이 교차하는 짧은 시간. 어둑어둑한 하늘과 차가운 허공의 시간. 저쪽에서 스케이트보드 소리가 들려왔다. 소리를 따라 걷다가 커다란 기물 뒤에 숨었다.

호수와 엘라.

호수는 예상했지만 엘라가 같이 있을 거라고 생각했나? 글쎄, 잘 모르겠다.

호수가 엘라에게 스케이트보드를 가르쳐 준다. 저건 확실히 예상 밖이었다. 엘라는 한 발을 보드에 얹고 다른 발로 땅을 차며 나아가다가 흔들, 호수가 엘라보다 빨랐다. 두 팔로 엘라를 잡는다. 휘청거리면서도 웃는 엘라. 박자를 맞추어 안전모 밖으로 나풀거리는 머리카락.

나도 호수에게 스케이트보드를 배워 봤지만 그때 호수는 저런 친절 버전이 아니었다. 내가 자꾸만 보드를 저 멀리 날려 보내서 벽이나 보도 턱에 부딪히게 했더니 보드 이 나간다고 구박이 장난 아니었다. 그 구박을 견디다 못한 나는 며칠 만에 보드를 때려치웠다.

몸을 돌려 기물과 기물 사이로 숨어서 걸어가는데 가로등이 켜진다. 뒤를 돌아보았다. 땅에 드리운 엘라의 그림자. 팔과 팔이 겹치며 덧칠된 호수의 그림자. 몇 갈래로 불어오는 바람이 엘라의 웃음을 실어 날랐다. 재가 어디를 봐서 슬프다는 거야.

버스 정류장으로 가니 다음 버스는 16분 뒤에나 온다고 한다. 벤치에 앉아 다희와 문자 메시지를 주고받았다.

- 학원 끝났어?

- 응, 집에 가는 길이야. 버스 안.

- 난 버스 기다리는데ㅋ 치킨 먹을래?

- 엄마가 기다려서 집에 가야 돼ㅜㅜ 내일 먹으면 안 될까?

- 그래. 기분이 구리니까 치킨 땡겨서 물어본 거야.

- 은율아, 무슨 일 있어?

- 그냥 내가 바보 같아서. 넌 그럴 때 없지?

- 되게 많아.

- 그럴 땐 어떻게 해? 그림 그려?ㅋ

- 아니ㅋ 너한테만 말해 주는 건데, 아주 나중에 할머니가 된 모습을 상상해.

- 으잉? 할머니?

- 내가 지금은 어설퍼도 나중에 할머니가 됐을 땐 강하고 용감해져 있을 거야, 그런 거.

"최은율?"

고개를 돌리자, 호수다. 그 옆에는 엘라.

버스는 4분 뒤에 온다고 하니 이 4분은 내 인생에서 가장 긴 시간이 될 전망이다. 할머니가 될 때까지 끝나지 않을지도 모른다.

"여긴 무슨 일이야?"

"그러는 너희는?"

"나 호수한테 스케이트보드 배우고 있거든."

호수에게 물었는데 엘라가 답했다. 그러더니 가방 속 파우치에서 무설탕 캔디를 꺼내서 내민다. 지하철 옆자리에 앉은 할머니 같은 이 매너는 뭐지. 민준이도 다희도 할머니 이야기를 하더니, 엘라까지……. 오늘이 세계 할머니의 날이라도 되나.

"초조해 보여서. 단거 먹으면 나아지잖아."

엘라의 설명에 나는 껍질을 깐 다음 알맹이를 입에 넣고 우두둑두두두둑 깨 먹었다.

"난 저언혀 초조하지 않아."

"그럼 다행이고."

엘라가 한쪽 머리를 귀 뒤로 넘기며 싱긋 웃었다. 감탄스러울 만큼 쿨하다. 아무나 이엘라를 하는 건 아니구나, 인정.

4억 광년 분량의 난감한 침묵 뒤에 버스가 왔다.

나는 계단을 뛰다시피 올라 버스에 탔다. 2인석 창가 쪽에 앉자 호수와 엘라가 나를 지나 뒤쪽으로 가더니 나란히 앉았다. 버스가 출발한다. 가로등 불빛이 차창을 스치며 번져 갔다.

호수는 두 정류장 먼저 하차 벨을 눌렀다. 엘라를 집 앞까지 바래다주려나 보다. 내리기 전에 나를 돌아보는 호수의 시선을 느꼈지만 난 창밖만 내다봤다. 얼룩 묻은 유리창은 흐리고 탁했다.

집에 들어가자마자 가방을 바닥에 던지고 소파에 드러눕는다.

엄마가 아이스크림을 입에 물고 작업실에서 나왔다. 아이스크림 녹은

물이 내 코에 떨어질 각도라 불안했다.

"치킨 시켜 먹을까?"

"내일."

"아, 내일 다희 오지."

"엄마, 누가 나 싫대."

"누가?"

"몰라. 암튼 싫대."

"뭐 어때. 너만 널 안 싫어하면 돼."

"나도 싫은데?"

"좋아하는 마음이 싫어하는 마음보다 요만큼만 더 많아도 좋아하는 거니까 괜찮아."

"이것도 괜찮다 저것도 괜찮다, 엄마가 뭐 이황이야?"

두 사람이 말다툼을 벌이다가 잘잘못을 가려 달라고 찾아가니 '네 말도 옳고, 네 말도 옳도다' 했다는 할아버지 말이다. 엄마가 그림을 그린 위인전에서 봤다.

"이황? 아, 황희."

"이황이나 황희나."

"하긴 한 사람이라도 아는 게 어디야. 이건 상으로 줄게."

엄마는 두어 입 먹은 아이스크림을 내 손에 쥐어 주고는 작업실로 돌아갔다. 맛없나 보다.

내 안에 날 좋아하는 마음이 요만큼이라도 있을까? 다희와 진아에게 고맙다는 말을 들었을 때는 내가 별로 싫지 않았다. 현서와 즐거운 나날을 보낼 때는 나도 나와 친한 편이었고. 난 나중에 강하고 용감한 할머니가 될 수 있을까. 나하고 사이가 좋아야 탄력 받아서 강해지든 용감해지든 할 텐데.

아이스크림을 베어 물었다. 역시, 맛없다.

또 할머니!

금요일 저녁. 다희 오는 시간에 맞추어 주문한 양념 한 마리에 프라이드 한 마리는 뼈만 남았고, 거실에는 나만 남았다.

소파에 쿠션을 껴안고 앉아 스윈의 노래를 몇 곡 찾아 들었다. 음량은 예의 바르도록 낮다. 작업실에서 현직 삽화가 진세란 씨는 시장 상황을 파악할 겸 책을 읽고, 미래의 삽화가 홍나희 양은 엄마와 등을 맞대고 앉아 그림을 그리고 있기 때문이다.

호수는 올 때도 있고 안 올 때도 있는데 오늘은 안 왔다. 걔까지 꼈으면 치킨이 부족했을 테니 잘됐다. 호수는 세계 할머니의 날에 공원에는 왜 왔었느냐고 캐묻지 않았다. 나도 호수에게 엘라 이야기는 하지 않았다. 우리는 요즘, 복도 계단에서 접선하지도 않는다. 구두 속의 수면 양말처럼 뭔가 좀 어색해졌다.

스윈의 데뷔곡까지 거슬러 올라갔는데 전화가 왔다. 오민준. 얘가 웬일이지.

"할머니가 없어졌어!"

여보세요, 하자마자 귀를 찌르는 외침.

"요양원 가는 날인데 사라졌어!"

집에 불을 내거나 집을 나가 실종되는 치매 환자들. 며칠 전 내가 민준이에게 입방정을 떨었던 게 떠올랐다. 무슨 이런 말도 안 되는 스포일러가 있어. 논리적인 근거는 없지만 내 책임 같았다. 다희의 그림 책상에 오지랖 넓은 책임감을 느꼈듯, 할머니의 실종에도 비과학적인 죄책감이 느껴졌다. 세계 할머니의 날이 단 하루로 끝나지는 않은 모양이다.

"신고는 했어?"

"했는데, 와서 같이 좀 찾아 줘. 급해."

"아, 알았어. 어디로 가면 돼?"

"나도 몰라. 어디부터 찾아야 하지?"

할머니 손자 오민준이 할머니 손님 최은율에게 물었다.

나는 필사적으로 머릿속을 검색한 끝에, 지난해 귤이의 가출 사건을 찾아냈다. 할머니가 고양이는 아니지만 둘 다 가출에 실종이니까.

그때 아빠는 집 나간 고양이를 전문적으로 찾아 준다는 고양이 탐정에게 연락했다. 탐정은 다른 고양이를 찾는 중이라 즉각 출동은 어렵다며 집 근처부터 뒤져 보라고 했다. 집 나간 고양이는 집 근처에 있게 마련이라면서 말이다. 우리 식구는 귤이가 좋아하는 간식을 들고 나가 수색을 시작했다. 탐정의 조언대로 나지막하게 이름을 부르면서 아파트 단지와 주변을 돌았다. 고양이가 발견된 곳은 우리가 사는 2동 건물, 지하실 문 앞의 좁고 어두운 공간이었다. 발견한 사람은 다름 아닌 나, 최은율!

"집 근처부터 찾아봐야지. 할머니가 자주 가던 곳 없어?"

"엄마한테 물어볼게. 우리 할머니, 어디서 막 싸우고 있으면 어떡하지."

그러다가 경찰한테 신고가 들어가면 할머니를 찾는 데 오히려 도움이 될지도 모른다는 생각이 들었지만 민준이에게 말하지는 않았다.

"일단 너희 집 앞으로 갈게. 다른 애들 데려가도 돼?"

"응, 많으면 좋아. 육교 옆 혜성빌라로 와 줘."

전화를 끊으니 엄마와 다희가 무슨 일인가 싶어서 나와 있었다.

"엄마, 우리 반에 오민준이라고 있는데 걔네 할머니가 집을 나가셨대. 치매 환자거든."

"아이고, 어떡하니. 그런 일이 가끔 있는 모양이더라."

"민준이가 할머니 찾는 거 도와 달래. 다희야, 너도 같이 갈래?"

"아…… 그럴까?"

다희는 작업실로 가서 겉옷을 가지고 나왔다.

호수에게도 급한 일이 생겼으니 혜성빌라 앞으로 오라는 메시지를 보냈다. 현재 우리가 속한 우주에서는 동그라미 분식집 할머니가 가장 다급한 존재다. 알았다고, 보드 타다가 집에 가는 길이라는 답이 왔다.

"무슨 일 있으면 전화하고!"

닫히는 현관문 틈으로 당부하는 엄마.

혜성빌라로 가면서 들어 보니, 다희네 부모님과 민준이네 부모님은 자목련동 자치위원회에서 같이 활동한 적 있어서 서로 아는 사이라고 했다.

"그럼 너희 둘도 친해?"

안 그래 보이던데. 나랑 호수처럼 학교 밖에서만 얘기하고 지내나?

"아니……. 민준이가 날 안 좋아하는 거 같아."

다희는 연한 밑그림처럼 눈에 잘 띄지 않아서 미움을 살 아이가 아닌데 무슨 이유일까. 얘기를 듣고 보니 다희와 함께 가면 민준이가 껄끄러워할지도 모른다는 생각이 들었지만 어쩔 수 없다. 고양이 손이라도 빌려야 하는 긴급 상황이고, 민준이도 사람이 많으면 좋다고 했으니까.

혜성빌라 앞, 미루나무 앞에 쭈그리고 앉아 둥치에 등을 기댄 오민준. 눈도 코도 입술도 목도 빨갰다. 다회를 보고는 흠칫 놀란다. 나는 그 눈빛을 외면했고, 다회는 왼손을 오른손으로 꾹꾹 누르면서 안절부절못했다.

그때 어색함을 깨부수는 망치처럼 요란한 소리와 함께 스케이트보드를 타고 등장하는 한호수. 보드 덕분인지 빨리 왔다.

"동그라미 분식집 할머니 알지? 집을 나가셨대. 같이 좀 찾아 줘."

"우리 할머니가 치매라서……."

나와 민준이가 설명하자 호수의 표정이 비장해진다. 아, 호수네 할머니도 치매셨지.

골목길 초입으로 엘라가 들어선다. 민준이가 둥치를 등으로 밀면서 벌떡 일어났다. 보드를 손에 들고 머리카락을 흩날리면서 걸어오는 엘라.

"에, 엘라야!"

그러더니 민준이는 이 정신없는 와중에도 한껏 고마워하는 눈으로 나를 본다. 엘라를 부른 사람은 내가 아닌데. 그럴 줄은 몰랐지만 호수가 데리고 왔는데. 보드라는 단서를 보면서도 민준이는 둘이 같이 있다가 왔다는 사실을 눈치채지 못하는 듯하다. 보드를 타고 달려온 호수가 엘라보다 3분쯤 먼저 도착하기도 했고, 민준이의 넋이 3분의 1쯤 나가 있기도 하고.

나무 아래 둘러서서 작전 회의를 했다. 할머니는 두세 시간 전쯤 휴대폰도, 지갑도 없이 맨몸으로 집을 나갔다고 했다. 할머니를 요양원에 모셔 가려고 모인 가족들은 수색대가 되어 흩어졌다. 무릎이 아파서 오래 못 걷는 할아버지만 집에 남았다.

"고양이 탐정이 그랬는데, 집 나간 고양이는 보통 집에서 멀지 않은 데

있대."

"고양이? 우리 할머니가 고양이야?"

"그건 아니지만 슬픈, 아니, 아픈 사람하고 멘붕 온 고양이하고 비슷한 데가 많아. 겁내고 경계하고 그런 거. 그러니까 고양이 찾는 방법을 써도 크게 다르지 않을 거 같다는 얘기지."

난 똑소리 나는 목소리를 꾸며 내어 나만의 이론을 읊었다.

민준이의 눈동자가 흔들리더니 고요해진다. 넘어왔군. 이래 봬도 내가 우리 집 고양이를 지하실 입구에서 찾은 능력자다.

"가까운 데부터 찾아봐야겠네."

엘라가 말했다.

"그게 좋겠다. 다들 멀리까지 찾으러 갔거든."

민준이는 엘라 말에 적극 찬성.

"역까진 가 봐야지. 얼른 갔다 올게!"

호수가 말릴 새도 없이 보드를 타고는 사라졌다.

"저거, 저거, 저러다가 또 자빠지지."

나는 이모에게 빙의되어 혀를 찼다. 호수는 보드를 타고 비빔 라면 사러 가다가(라면이 뭐 그리 급하다고 쯧쯧쯧) 자빠져서 갈비뼈 한 대를 해 먹은 전력이 있다. 부상 분야의 능력자랄까.

엘라가 나를 힐끗 보더니 킥 웃었다. 웃어? 처음으로 엘라가 마음에 들려고 한다.

"혹시 모르니까 2인 1조로 움직이자."

말해 놓고 보니 조는 어떻게 짜지. 민준이와 엘라를 묶으면 안 그래도 넋 나간 애가 엘라에게 정신이 팔려서 효율이 떨어질 텐데. 다희랑 민준이를 한 조로 하자니 미움받는 다희가 안됐고.

"내가 다희랑 저쪽을 찾아볼게."

엘라가 나섰다. 플러스 1점, 연속 득점이다. 용의자는 용의자고, 득점은 득점이다.

나와 민준이는 둘과는 반대 방향으로 갔다. 할머니의 오랜 단짝이 운영하는 옷 수선집, 할머니가 더운 날이면 기시 앉아 있었다는 성자, 분식집 쉬는 날에 놀러 가던 노인정, 뛰노는 꼬맹이들을 구경하던 놀이터……. 민준이가 지목한 곳 어디에도 할머니는 없었다.

우리는 야트막한 언덕의 벤치에 앉아 숨을 돌렸다. 나와 민준이의 시선이 한곳을 향했다. 하늘을 나는 가오리연이었다. 작년 6학년 때, 담임 선생님이 가져온 연을 반 아이들과 함께 날린 기억이 났다.

"우리 집에 있는 연이랑 똑같이 생겼네."

민준이의 말 뒤에 일순 정적. 그러고서 우리는 "헉!" 소리를 뱉었다. 마주 보고 고개를 끄덕이고는 혜성빌라로 달려간다.

빌라 건물 밑에서 고개를 들어 연을 확인하고 헉헉거리며 5층을 뛰어올라 옥상 문 앞에 도착. 귤이는 아래로 가는 지하실, 할머니는 위로 가는 옥상. 민준이가 떨리는 손을 녹슨 문으로 가져갔다. 끼이익 열리는 문. 넓어지는 시야.

할머니가 난간 앞에 서서 연을 날린다.

나는 조심해, 하고 입 모양으로 속삭였다. 난간 앞에 있는 할머니를 놀라게 했다가는 위험해질지도 몰랐다. 지하실 입구에서 우리 집 고양이를 발견했을 때, 나는 몸을 낮추고 나무늘보의 속도로 귤이에게 다가갔다. 신나서 깨방정을 떨었다면 기겁한 녀석이 어디로 튀었을지 모른다.

네다섯 걸음쯤 남았을까, 할머니가 뒤를 돌아봤다. 우리는 흡, 숨을 들이마신 채 돌처럼 굳었다.

"민준이 왔구나. 옆에 친구는 요 근래 통 보이질 않더니만 오랜만이네."

"아, 안녕하세요."

나는 돌덩이 모드를 풀며 인사했다.

할머니는 모두를 혼란과 충격에 빠뜨린 채 옥상에서 연을 날리고 있다는 사실만 빼고는 정상으로 보였다. 그 사실 자체가 상당히 이상했지만 말이다.

"내가 가면 이 연은 어떻게 될까 몰라."

"할머니……."

"그래, 나도 안다. 이제 집에서는 어렵다는 거."

할머니가 걸어오더니 줄이 감긴 얼레를 민순이 손에 쥐어 주었다. 그러고는 떨리는 손을 주름진 손으로 꼭 잡아 준다. 옆에 선 나한테까지 손과 손을 맞댄 따뜻함이 전해졌다.

"지금은 잠깐 또 제정신이니까 안 가면 안 되나 욕심이 난다만 이럴 때일수록 이 악물고 가야지. 너희를 더 힘들게 하지 않으려면 내 발로 가야지."

할머니는 작은 꽃에서 나는 향기처럼 은은하게 웃었다. 그런 할머니의 눈에서 나는 강함과 용기를 보았다.

우리는 천이 물에 젖듯 서서히 짙어져 가는 저녁노을을 바라보았다. 종이로 만든 가오리가 지느러미와 꼬리를 흐늘거리면서 주홍빛 바다를 헤엄쳤다. 아무도 아무 말 하지 않았지만 우리 셋의 마음속에 수많은 말이 오갔다. 나는 이 순간을 잊지 못할 거라고 생각했다.

민준이의 전화를 받고 가족들이 왔다. 할머니는 우리에게 손을 흔들어 보이고는 옥상을 떠났다. 민준이는 할머니를 따라 내려가지 못하고 바닥에 주저앉아 울음을 터뜨렸다. 나는 민준이의 손에서 얼레를 가져와서 조심스레 줄을 감아 연을 불러들였다.

호수와 엘라, 다희는 할머니를 찾았다는 내 연락을 받고 미루나무 앞으로 모였다.

"다희야, 너 과외."

나는 시간을 확인하고는 다희에게 말했다.

"아 맞다. 먼저 갈게, 내일 보자."

다희는 민준이를 한 번 보더니 뛰어갔다.

민준이는 연을 껴안고 집으로 들어가고 나와 호수, 엘라는 골목길을 빠져나와 걸어간다.

"아까 그 연 말이야. 어쩐지 지금도 어딘가 날고 있을 거 같아."

엘라가 말했다.

드넓은 들판에 서서 모양 없는 바람의 소리를 듣는 꿈을 꾼 적이 있다. 엘라의 말은 그 꿈처럼 아득하게 다가왔다. 그 애의 슬픔이 내 뺨에 뺨을 댄 듯한, 그런 느낌. 나는 엘라가 무슨 생각을 하는지 이해했다. 연은 민준이네 집으로 돌아갔지만 그 마음만큼은 아직도 어딘가, 높고 푸르고 탁 트인 곳을 날고 있을 것만 같았다.

어느덧 엘라가 사는 아파트 앞이었다.

나는 옆에 선 호수도 잊은 채, 멀어지는 엘라의 뒷모습을 바라보았다.

기지개 준비

"할머니 찾았어."

작업실로 들어가서 말했다.

엄마는 태블릿으로 작업을 하다 말고 나를 보더니 고개를 끄덕였다.

다희의 그림 책상으로 가서 앉았다. 스케치북에 그려진 그림은, 화분에서 자라나는 초록 식물이었다. 하트의 끝부분을 잡고 늘린 듯한 타원형 잎사귀. 우리 집 발코니에도 똑같은 식물이 있는데, 살 때부터 흙에 '스킨답서스'라는 팻말이 꽂혀 있었다. 그림 속 스킨답서스는 새잎이 돋아나는 중이다.

"엄마, 다희 그림 잘 그리지?"

"응. 느낌 있어."

"근데 새잎은 왜 돌돌 말려서 나?"

"글쎄, 기지개 켜려고 준비하는 건가? 몸을 웅크렸다가 펴면 그만큼 더 시원하잖아."

내 비과학성이 어디서 왔나 했더니 엄마였구나.

민준이에게 톡이 왔다.

    - 우리 가게 오지 말라는 말 취소할게. 할머니가 떡볶이 해 준다고 너
      데리고 오라고 했대. 동그라미 문 닫았는데ㅜㅜ

국어 공책을 가져와 용의자 목록에서 '오민준'이란 이름에 줄을 긋고는 스킨답서스 그림을 본다.

엇비슷하게 생겼지만 똑같은 잎사귀는 없었다. 길이나 모양, 색이 조금씩 달랐다. 사람도 그렇다. 용후가 노래한 대로, 비슷해 보여도 똑같지는 않다. 잎사귀를 손가락으로 짚으며 이름을 붙여 주었다. 진아, 민준, 엘라, 다희, 호수, 은율…… 나머지 잎에는 어떤 이름이 붙을까.

4번 정소미:
어, 싶, 고, 죽

우리가 친해질 수 있을까

금요일 밤 9시 무렵.

심호흡을 한 다음 새고방에 들어갔다. 오랜만에 찾은 이곳은 오늘도 와글와글. 이 세상의 모든 시험을 없애 버리고 싶다는 푸념부터 친환경 풀만 넘쳐 나는 급식을 향한 불만, 인터넷에서 주운 동물 사진, 연예인 누가 누구와 사귄다는 소문까지.

창을 아래부터 거슬러 올라가며 1학년 2반 최은율에 관한 내용이 없는지 살폈다. 스크롤이 빨라질수록 눈동자도 바빠진다. 없는 것 같은데…… 진짜 없잖아, 확인하자 한숨이 나온다. 안도의 한숨이면서, 내가 살짝 불쌍해서 쉬는 한숨. 새고방에서는 이미 20세기쯤의 과거가 된 점셋에게 나만 매달려 있다.

기분 꿀꿀해진 김에 다시 탐색.

눈에 익은 프사가 보였다. 사진을 눌러 확인하니 4번 용의자 정소미다.

이런 오픈 채팅방은 보통 익명 프로필을 따로 만드는데 소미는 원래 프로필로 들어왔다. 얘가 한 시간 전쯤 올린 메시지는 한 글자, '어'다. 자판을 잘못 눌렀나? 그런데 그저께 밤에도 한 글자다, '싶'. 뭔가 느낌이 왔다. 사흘 전, 나흘 전…… 찾았다! '고'. 일주일 전에는 '죽'. 손가락이 아플 정도로 창을 올렸지만 소미가 남긴 한 글자 메시지는 '죽'으로 끝이다. 아니, '죽'에서 시작했다.

네 글자를 내가 찾은 순서대로 배열하면?

어, 싶, 고, 죽

날짜순으로는?

죽, 고, 싶, 어

채팅창의 저 위에서 저 아래로 떨어지듯 가슴이 내려앉았다. 이불 속으로 파고드니 심장이 소곤거린다. 두근 쿵, 두근 쿵, 쿵쿵 두근. 죽는다는 것은, 더는 이렇게 심장이 뛰지 않는다는 것. 소미는 한 번에 한 글자씩, 죽고 싶다고 외쳤다.

자살하려는 사람들은 주변에 신호를 보낸다던데. 검색해 보니 자살 사망자의 대부분이 죽기 전 '죽고 싶다'고 말하는 등의 징후를 드러낸다고 했다. 뭐야, 어떡해! 이불을 걷고 인터넷을 다시 검색했다.

자살 신호를 발견한 사람은 그 신호에 관심을 기울이고 상대방에게 자살 생각이 있는지 물어봐야 한다. 그리고 상대방의 이야기를 듣고 공감해 주어야 한다.

내가 소미의 이야기에 귀를 기울여야 하는 건 맞다. 걔는 용의자니까. 네가 그랬냐고 물어보고 답을 들어야 한다. '죽고 싶어'란 신호까지 발견했으니 다른 질문도 던져야 한다. 너 정말 죽고 싶어? 왜 그러는데?

미치겠네. 금요일 밤에 왜 또 이런 메시지는 발견해 갖고 기분이 꿀꿀하다 못해 끈끈해졌잖아. 모르는 척할까? 정말 죽기야 하겠어, 말뿐이겠지. 하지만 소미가 일주일에 걸쳐 새고방에 올린 메시지는 내가 보기에 분명 자살 신호였다. 의미 없는 실수인 척 올린 한 글자 한 글자가 불타오르는 건물 옥상에서 보내는 구조 요청일지도 몰랐다. 동그라미 분식의 할머니가 자유롭게 날아가고 싶은 소망을 담아 날린 연처럼 말이다. 소미는 누군가 자신을 알아봐 주기 바라며 익명 아닌 원래 프로필을 쓰지 않았을까. 그렇다면 나는 그 애가 흘리고 다닌 마음 부스러기를 찾은 셈이다.

고양이와 할머니로도 모자라 같은 반 애의 마음까지 찾아 버렸다. 냉장고 서랍 구석에서 수상한 검은색 비닐봉지를 발견했을 때처럼 찜찜하다. 봉지를 열면, 사다 놓고 잊은 채소나 과일이 곰팡이 핀 채로 썩어 가고 있고는 했다.

어떡하지, 어떡해, 끙끙대다가 집 밖으로 나갔다. 걸으면 머리가 돌아갈지도. 옆집에서 "이렇게는 못 살아. 이혼해!" 하는 이모 목소리가 새어 나온다.

문이 열리더니 호수가 나왔다. 나를 보더니 민망해하는 표정이 된다. 얼굴이야 매일 보지만 여기서 마주치기는 오랜만이다. 산책을 포기하고 계단에 앉자 호수도 옆에 앉았다.

이모와 아저씨가 고함치며 싸우는데도 우리는 피할 생각을 하지 않는다. 동네 산책이 아니고는 어디 갈 데도 없다. 나와 호수에게 서로의 집이 제2의 집이라면, 이 계단은 제3의 집과 같다. 시내가 강으로 흐르고 강이 돌고 돌아 바다로 가듯 우리는 사이가 괜찮을 때도, 별것 아닌 일로 으르

렁댈 때도 결국 이 계단에서 만났다. 조금 전 들은 이혼이란 단어가 우리 엄마 아빠의 일처럼 가슴에 박혔다. 이모와 아저씨가 이혼하고 호수가 제 주도로 가면 우리에게는 제2의 집도, 제3의 집도 없어진다. 그런 상황에서 호수와 엘라는 어떻게 될지. 내가 참견할 일이 아니라는 건 나도 안다.

"초상화는 시작했어?"

"아, 구독료. 응."

"의상 입고 포즈 잡고 그러는 거야?"

"내가 중세 귀족도 아닌데 무슨. 다희 혼자서 하고 있어."

"초상화를 혼자서? 널 보고 똑같이 그려야 하는 거 아냐?"

다희가 그려 준다는 초상화는, 이런 말이 있는지는 모르겠지만, 이른바 추상적 초상화였다. 다희는 나를 생긴 그대로가 아니라 자기가 생각하고 느끼는 모습으로 그리고 싶다고 했다. 그런 그림도 초상화인가 싶었지만 엄마는 멋진 발상이라며 작업실 동료를 추켜세웠다.

"초상화 그리면서 날 좀 더 자세히 알고 싶대. 어떤 성격이고 어떤 사람이고, 그런 거."

나는 설명을 마친 다음 호수에게 물어봤다.

"나 어떤 사람이야? 오지랖 넓은 애 같아?"

"갑자기 왜?"

"요즘 오지랖이 넓어진 거 같아서."

"너 그렇게 인류애가 있고 그렇진 않잖아."

"오지랖이 인류애냐?"

다희의 그림 책상을 엄마 작업실에 들여놓지를 않나, 진아에게 용후 포카를 갖다주는가 하면 민준이의 할머니도 함께 찾아 주고, 이번에는 소미

의 자살 신호까지 발견. 내가 이렇게 다른 사람한테 관심이 많은 애가 아
닌데. 호수 말대로 나는 인류애가 풍부하지 않다. 다른 사람이 나를 어떻
게 보는지만 신경 써 왔을 뿐이다.

"점셋 찾는 건 어떻게 돼 가고 있어?"

"다희가 아닌 건 너도 알지? 1번 김진아하고 2번 오민준도 아닌 거 같
아."

점셋을 찾다 보니 생각지도 못한 일이 이어졌다. 다희와는 일주일에 두
번씩 우리 집에서 얼굴을 보게 되었고 급식도 같이 먹는다. 진아에게는
3년 내내 같은 반이 되고 싶다는 불꽃 찬사까지 들었다. 민준이는 분식집
출입 금지를 풀었고. 할머니가 요양원 주방에서라도 떡볶이를 해 주면 좋
겠다. 아, 침 고여.

소미 이야기는 하지 않았다. 호수가 열네 살이 아니라 천사백 살처럼
피곤해 보여서였다. 얘는 지금, 열혈 전투 중인 1502호에 머리카락을 천사
백 가닥쯤 곤두세우고 있다.

"넌? 엘라랑은 어때?"

하지만 이 말은 하고 말았다. 변명하자면, 엘라 얘기를 계속 피하려니
불편해서 그랬다.

호수가 대답 없이 나를 봤다. 뭐라 해석하기 힘든 표정이다. 그래서 다
시 물어봤다.

"만약 엘라가 범인이면 어떻게 할 거야?"

"엘라는 3모둠 아니잖아."

"그러니까 만약에."

"최은율하고 일단 친해지고 나서 다시 생각해 보라고 할 거 같은데. 그

럼 자기가 심했다 싶을지도 모르지."

말했다시피 호수의 '일단'은 '최대한 빨리'다.

할머니의 연이 아직도 어딘가를 날고 있을 것 같다던 엘라의 뒷모습이 떠올랐다. 우리가 친해질 수 있을까? 엘라가 점셋이 아니라면, 아니, 점셋이라 해도? 그 생각은 점셋으로 밝혀진 애와 내가 친해질 수 있을까, 하는 의문으로 이어졌다. 걔가 왜 그랬는지 이유를 말해 준디면, 그럼 어쩌면…….

"나, 인류애까지 생겨 버린 거 같아."

어리둥절해하는 호수를 복도에 남겨 두고 집으로 들어갔다.

내가 나를 싫어하는 기분

'이런저런 부득이한 사정으로 오늘은 쉽니다'라는 안내문이 아주 가끔 이모네 반찬 가게에 붙을 때가 있다. 그 이런저런 부득이한 사정이란 호수가 몸 어딘가를 분질러 먹거나, 아저씨가 의논도 없이 큰 집을 계약하고 와서 이제 부자 될 일만 남았다고 큰소리치거나…… 등등 비상사태다. 나도 이런저런 부득이한 사정으로 3번 이찬효를 앞질러 4번 정소미부터 조사하게 되었다.

소미의 자리는 옆 분단 두 줄 앞, 무심한 척 관찰하기 좋은 위치였다. 나는 수업 시간만 되면 이런저런 부득이한 사정으로 눈의 초점이 흐릿해지면서 졸음과 기절 사이 어디쯤으로 향하는데, 그럴 때마다 정신줄을 붙들어 매고 소미를 관찰했다. "최은율 또 어디 먼 데 갔나 보네. 짝꿍이 좀 데려와 봐" 하는 선생님의 잔소리를 피하는 동시에 용의자 조사도 진행하니 꿩 먹고 알 먹고.

며칠 동안 교실과 복도, 화장실, 급식실 등 곳곳에서 소미를 관찰한 결과를 정리했다.

☆ 나처럼 멍한 편이지만 선생님을 따라 시선은 움직이기 때문에 잘 안 걸린다. 최소한의 성의는 있는 듯.

☆ 기운이 없다. 쉬는 시간마다 엎드려 잔다.

☆ 밥을 (거의) 안 먹는다. 특히 튀김과 빵, 떡, 면은 입에도 안 댄다. 그 맛있는 걸 참다니, 어찌 보면 크게 될 애다.

☆ 말랐다. 안색이 창백하고 눈이 퀭하다. 날벌레랑 싸워도 질 듯.

☆ 베프는 거울. 얼굴을 뜯어보다가 한숨을 쉬고 엎드린다. 그러다가 벌떡 일어나서 사람이 드문 3층 복도 끝, 전신 거울 앞에 가서 몸을 비춰 본다.

소미는 점심시간에 미역국만 휘젓다가 급식실을 떠났다. 나는 먹을 건 다 먹되 최대한 빨리 먹고 교실로 갔다. 소미의 빈자리를 확인하고는 3층으로 올라가니 정답, 소미는 거기 있었다. 그런데 예상치 못한 문제, 블라우스 자락을 뒤로 잡아당겨서 몸매를 관찰하다 말고 내 쪽으로 고개를 휙! 횅한 복도라 숨을 데도 없고, 난 둘러댈 핑계 하나 없이 무방비였다. 진아 때도 이러다가 들켰는데 바보같이.

"최은율, 넌 왜 사람을 막 의심하고 그래?"

표정에 변화가 없고 목소리도 힘이 없어서 한문 숙제를 했냐거나 뭐 그런 질문인 줄 알았다.

"의, 의심하긴 뭘?"

"새고방에 메시지 올린 게 나라고 의심하고 있잖아. 지금도 감시하러 온 거 아냐?"

아 이걸 뭐라고 설명하지. 새고방 메시지 때문에 온 건 맞지만 얘가 생각하는 그 메시지가 아닌데. 지금은 소미가 점셋이냐 이니냐 하는 문제는 뒷전이었다. 사람의 목숨과 정체를 견주자면 당연히 목숨이 중하니까.

"너 진짜 웃긴다. 난 아니거든!"

소미는 나를 노려보았다. 한번 화를 내기 시작하니 그 화의 열기 때문에 점점 더 열이 뻗치나 보다. 날벌레랑 싸워도 지겠다고 한 말 취소. 비상시 전투력이 만만찮다.

"사람들이 다 너만 보고 있는 줄 알아? 난 너한테 관심 없어. 같은 반이 되든 말든 상관도 없다고."

몇 겹으로 쏘아붙이는 말에 나도 짜증이 불붙었다.

"야, 정소미. 너야말로 관심받고 싶어서 그런 메시지 쓴 거잖아."

"난 아니라니까?"

"그거 말고, '죽! 고! 싶! 어!' 이거!"

휑한 복도에 찬물처럼 가득 들어찬 정적. 소미는 터질 듯 부풀어 부글거리다가 어느 순간 가라앉는 달걀찜처럼 쪼그라들었다. 어깨가 처지고 눈 밑이 꺼진다.

"아니 난, 우연히 발견한 건데 걱정이 돼 갖고……."

나는 꼬리를 내리고 우물쭈물하며 소미를 살폈다. 이러려던 게 아닌데 아아 망했다. 어떻게 수습할 거냐고.

"……너 새별고 다니는 언니 있지?"

한참 뒤에 소미가 물었다. 갑자기 웬 언니 얘긴가 싶었지만 나는 차분해진 소미의 모습에 안도하며 "응? 아, 어, 응" 대답했다.

"우리 언니랑 같은 반이야. 정혜미."

"그랬구나. 몰랐어."

"넌 언니랑 비교 안 당해? 너희 언니는 공부도 잘하고 예쁘고 날씬하다던데 넌……."

"난 뭐?"

가슴속에서 불길이 넘실거린다. 나를 남과 비교해서 낮추는 말을 연료 삼아 타오르는 불길. 얼굴 곳곳에 돋아난 여드름도 불빛의 열기에 씨근거린다. 얘가 지금 2차전을 하자는 건가?

"나도 너랑 비슷하니까 눈에 불 켜지 마. 우리 언니는 나랑 반내거든. 난 물만 마셔도 살이 찌는데 언니는 아무리 먹어도 안 쪄. 거기다가 공부 잘하고 인기도 많고, 외계인 같아."

소미의 창백한 얼굴은 푸석푸석했고 퀭한 눈은 초조해 보였다. 나도 남들 눈에는 저렇게 보일까? 우리 둘의 마음속에는 비슷한 불꽃이 있다.

"노골적으로 비교당하고 그러지는 않는데, 내가 날 언니랑 비교한 적은 가끔…… 있어."

나는 소미의 질문에 뒤늦게 답했다.

"나보다는 낫네."

소미는 창밖으로 시선을 돌렸다. 미세 먼지로 누런 하늘.

"난 단톡방에서 아무 말도 안 했어. 같은 반 되기 싫은 애가 나랑 같은 모둠이거든. 3모둠 정소미."

3모둠 정소미가 싫어하는 사람, 3모둠 정소미.

"난 나랑 지금도 같은 반이고, 내년에도 같은 반이야. 영원히 같은 반이야. 미칠 거 같아. 콱 죽고 싶어."

젓가락처럼 마른 팔로 벽을 짚는 소미. 죽고 싶다는 신호가 새빨갛게 타오른다. 소미 입으로 말했고, 내 귀로 들었다. 주변 사람은 어떻게 해야 한다고 했더라. 정말 죽고 싶으냐고 물어보고, 어떤 사연이 있는지 들어 주고…….

"진심이야?"

"진심이면 뭐!"

밥도 잘 안 먹는 애가 목청 한번 우렁차네. 왜 또 나한테 화를 내고 난리야. 난 네가 미치도록 싫어하는 정소미가 아니라 최은율이거든.

하지만 그렇다, 나는 소미에게 연민이라는 고급스러운 감정을 느끼고 말았다. 왜냐하면 나도 내가 싫으니까. 음, 약간 더 정확히 말하자면 나도 내가 싫었으니까. 예상 못 한 일이지만 요즘은 내가 그렇게까지 싫지는 않다. 왜지? 급식도 같이 먹고 우리 집에 놀러 오는 같은 반 친구가 생겨서? 용의자 1, 2번과 그럭저럭 괜찮은 사이가 되어서?

내가 나를 싫어한다는 감정이 얼마나 구질구질하고 지긋지긋한지 나는 안다. 그런 내가 점셋을 찾아 나서게 된 이유가 무엇일까. 범인을 찾아내서 네가 틀렸다고, 나는 나쁘거나 이상한 사람이 아니라고 해명하고 싶어서? 왜 나를 싫어하냐고 따지고 싶어서? 진아 말대로 나는, 내가 나를 싫어하는 감정이 정당하다고 확인받고 싶었는지도 모른다. 그래야 구질구질하고 지긋지긋한 기분에 안심하고 빠져들 테니까. 소미가 5분에 한 번씩 거울을 보고 영혼을 찌푸리듯이 말이다.

"진심이라면, 뭐 때문에 죽고 싶은지 말해 줄 수 있어?"

인터넷에서 배운 대로 물어봤다. 상담실 부담당 홍쌤한테라도 알려야 하나. 그 전에 하는 데까지는 해 보고서. 선생님한테 꼬치꼬치 이르는 애라고 오해받고 싶지는 않다.

"나도 잘 몰라. 언니랑 맨날 비교당하면서 자랐으니까 짜증은 나는데 이젠 그것도 너무 익숙하고……. 그냥 배터리 잔량이 0이 되듯이 스르륵 사라지고 싶어. 하루하루 의욕도 없고 피곤하고 졸리다가 어떨 땐 이유도 없이 막 화가 나."

나도 우주를 정복해 버리고 싶을 만큼 불쑥불쑥 화가 나고 그런다. 소미와 나 사이에 이런 공통점이 있었다니.

"왜 자꾸 죽고 싶을까. 나 진짜 왜 이러는 거지. 좀 알아봐 줄 수 있어?"

"응? 내가?"

"조사는 네가 더 잘할 거 같아서. 너 공책 갖고 다니면서 조사하고 그런다며."

공책은 어떻게 알았느냐고 물을 필요도 없었다. 시험 끝난 날의 몸과 마음처럼 입이 가벼운 오민준, 걔밖에는 없다. 아무튼 갑작스러운 의뢰이지만 소미의 상태로 보아 거절하면 안 될 것 같았다.

"음, 알게 되면 말해 줄게. 나 혼자서 해결해야 하는 건 아니지?"

"왜, 모둠 활동이라도 하게?"

우리는 푸시식 웃었다. 신경전을 벌였다가 농담을 했다가 오락가락한다. 데우고 얼리고 반복하는 냉동 피자도 아닌데.

"난 범인 아니니까 용의자에서 빼 주는 거 잊지 말고."

"……알았어."

귀 기울여 듣는다면

아빠는 퇴근 전, 엄마는 친구 만나러 외출, 언니는 학원에서 똑똑해지는 중. 작업실에는 나와 다희뿐이다. 나는 엄마 의자에 앉아 빙글빙글 돌다가 다희의 등을 똑똑, 두드렸다.

"넌 죽고 싶을 때 없어?"

"있어."

그러더니 다희가 읊었다.

"엄마 아빠가 딴생각 말고 공부만 하라고 할 때. 사람이 어떻게 딴생각을 안 해. 딴생각을 하니까 사람이잖아. 그리고 쓸데없는 책은 읽지 말라면서 문제집만 산더미처럼 사다 놓을 때. 학교에서도 쉬는 시간마다 학원 숙제 해야 될 때. 그리고 또, 내가 학원 간 사이 그림 책상을 버렸을 때. 그땐 나도 엄마 아빠가 쟁여 놓은 물건 죄다 버리고 싶었어."

다희가 이렇게 길게 말하는 건 처음 본다. 맺힌 울분이 많나 보다. 하긴, 나였으면 다희만큼 버티지도 못했다. 소미와 힘을 합해 우주를 정복하고도 남았다.

"그래도 요새는 괜찮은 편이야. 작가님하고 같은 공간에서 그림 그리니까 너무 행복해. 완전 영광이고 날개가 돋아난 기분이야."

두 손을 날개처럼 펄럭이는 다희.

"그런데 그건 왜?"

"죽고 싶다고 하는 애가 있어서 너는 어떤가 하고. 나도 가끔 너무 열받아서 죽고 싶고 그렇거든."

"맞아, 나도 그래. 그 애는 뭐가 문제래?"

"정확히는 모르겠는데, 맨날 딴 사람이랑 비교당하나 봐."

"비교당하는 거 진짜 힘든데. 우리 부모님도 맨날 날 엄친딸, 엄친아랑 비교하시거든. 누구는 무슨 대회 나가서 대상 탔다더라, 누구는 하버드 갔다더라……."

하버드라니 이건 또 무슨 우주 부수는 소리인지. 여기는 한국이고, 우리는 아직 중 1이며 다희는 이미 충분히 엄친딸이다.

"사실 나, 민준이가 날 싫어하는 이유 알 거 같아. 민준이네 부모님이 나랑 민준이를 자주 비교하시나 봐. 홍다희는 몇 점이라는데 넌 왜 이거밖에 안 돼, 그런 식으로. 엄마 아빠가 민준이 부모님한테 들었다면서 해 준 얘긴데 되게 부끄러웠어."

다희는 누구에게, 무엇이 부끄러웠을까. 난 내 여드름한테 부끄러웠다. 민율 언니의 하얗고 매끄러운 피부를 보면 여드름을 다 쥐어뜯고 싶을 정도로 속이 덜거덕거렸는데, 그럴 때마다 비교 끝에 의문의 1패를 당한 여드름은 얼마나 황당했을까. 나 하늘에서 뚝 떨어진 악당 아니고 네 몸에서 왕성하게 분비되는 안드로겐 호르몬 때문에 이래저래 부득이하게 네 얼굴에서 사는 거거든? 나도 썩 만족스럽지는 않아. 잠깐 머물다 갈까 했는데 네가 폰 보느라 잠 안 자고 기름진 음식 배 터져라 먹고 더러운 손으로 얼굴을 만지니까 눌러앉게 됐다고!

"엄마 아빠는, 나한테 돈이 많이 들지만 다 날 위해서니까 아깝지 않대. 보답 같은 거 안 해도 되니까 성공만 하래."

흐억, 이다음에 커서 성공하면 이거랑 요거 사 주고 저거랑 조거 해 달라는 말보다 더 무섭다.

"너희 집에서 그림 그리는 것도 모르셔. 알면 난리 나. 빈 시간에 뭐라도 채워 넣을 거야."

안 그래도 빽빽한데 뭘 더 채울까. 모범생과 우등생도 사물이 아니라 사람이잖아. 숨은 쉬고 살아야 하잖아. 다희가 쉬는 시간과 점심시간마다 학원 숙제를 해야 해서, 학교에서 우리는 밥 먹을 때 빼고는 인사만 겨우 나누고 지낸다. 다희는 주말에도 과외를 받고 특강을 듣는다. 수요일과 금요일 5시에서 6시 30분, 그 짧은 시간이 일상에 뚫린 유일한 숨구멍이었다. 우리 집에서 치킨이나 피자, 떡볶이를 먹고 그림을 그리는 다희는 말 안 해도, 말할 수 없이 행복해 보였다. 다희가 그 행복을 다른 사람도 아닌 부모님 때문에 잃을지도 모른다고 생각하니, 내 붉은 여드름마저 파리해졌다.

"나 때문에 작가님 곤란해지면 안 되는데. 그 생각만 하면 불안해."

다희는 의자 팔걸이를 손이 하얘지도록 꼭 쥐었다.

"우리 엄마 걱정은 안 해도 돼. 보기보다 세서 웬만한 공격은 다 튕겨 낼 거야."

"그럼 다행이지만……."

"아 참, 초상화는 잘되고 있어?"

"아직 다 된 건 아닌데, 한번 볼래?"

"응!"

다희는 생기를 되찾더니 스케치북을 앞쪽으로 넘겨서 그림 하나를 보여 주었다. 뭉게구름 위에 앉은 커다란 귀였다. 크기도 크기지만 그 외에도 여러모로 평범하지 않다. 귓구멍에서 꽃과 나무가 자라나고 두 손이 튀어나와 수화를 한다. 귓바퀴로 맑은 물이 흐른다. 귀 주변으로는 음표가 날아다닌다.

"내가 보는 너야."

다희가 보는 나는 주변의 소리와 이야기를 귀 기울여 듣는 모습인가 보다. 나에게 있는 줄도 몰랐던 나, 저 구석에서 발굴해 먼지 털고 보니 나쁘지 않은 나였다. 검은색 비닐봉지 안에서 썩은 애호박이나 나올 줄 알았는데 말랑말랑한 밀떡이 나온 느낌. 의외의 행운이다.

"이렇게 여러 장으로 나눠 그린 다음에 하나로 합칠 거야."

진세란 작가는 다른 사람의 작품 세계를 죄 없는 나라의 대문처럼 활짝 열린 마음으로 존중해야 한다고 말했다. 내 초상화지만 다희 작품이니까 쪼개든 합치든 다희 뜻에 따를 작정이었다.

"겨울 전까지는 완성해 볼게."

나는 창밖을 바라보았다. 세상은 가을의 한가운데로 나아가며 하루하루 색과 온도가 달라졌다. 다희의 그림 속 스킨답서스는 언제쯤 돌돌 만 잎을 펼치며 기지개를 켤까. 그리고 가을이 지나고 겨울이 오면 나는 어떤 모습일까.

오랜만에 민율 언니와

언니가 학원에서 돌아왔다. 나는 비밀번호 누르는 소리가 들리자마자 방에서 나와 현관문 앞을 지키고 서 있었다.

"왜? 나도 용돈 다 떨어졌어."

나를 보자마자 언니의 말. 우리 사이가 참 이렇다.

"누가 돈 빌려 달래?"

"그럼 뭔데?"

문자마자 화장실에 들어가는 언니. 30분이 지나서야 샤워를 마치고 나왔다.

며칠 안 남았지만 이번 주를 '귀 기울여 듣는 주간'으로 지정하지 않았다면 화장실 전등과 보일러를 꺼 버리고도 남았다.

"정혜미라고, 알지? 우리 반 정소미네 언니래."

"아. 혜미 동생이 너랑 같은 반이라고는 하더라."

"알면서 왜 말 안 했어?"

"뭐 대단한 사건이라고 일일이 보고를 해. 이제라도 알았으면 된 거지."

현대인의 고독과 단절은 최민율 같은 사람 때문에 생긴다고 나는 생각한다.

"그 언니 어때? 어떤 사람이야?"

언니 방으로 따라 들어가며 물었다.

"갑자기 혜미는 왜 파는데."

언니는 고등학교 입학 선물로 받은 조그만 화장대 앞에 앉아 얼굴에 토너를 발랐다. 용후 포카를 선사한 그 화장품이다. 수면 양말을 신더니 침대에 기대앉는 언니.

"그 언니가 그렇게 뭐든 잘한다면서."

"성적에 성격까지 좋고 뭐, 끝판왕이지."

"말랐어?"

"마른 스타일은 아닌데. 혜미는 그냥, 혜미 스타일이야."

언니가 폰을 뒤적이더니 사진을 보여 줬다. 소미와 닮았지만 혈색이 좋고 표정이 환하다. 언니 말대로 자기만의 스타일을 지키는 사람 같다. 저

117

렇게 은은한 자신감이 바로 이번 세기의 핫 아이템인 자존감, 그것이겠지. 소미와 나, 어쩌면 다희에게도 부족한 그것.

"소미는 물만 마셔도 살찐다면서 밥 먹듯이 굶어."

나도 소미의 카톡 앨범에서 전신이 나온 사진을 찾았다. 언니는 사진을 보더니 히익, 놀란다.

"너무 말랐잖아. 얘 괜찮아?"

"안 괜찮아. 죽고 싶대."

"으, 힘들겠다. 나도 그랬는데."

"언니가? 뭐가?"

"나도 예전엔 심각했다고."

무슨 말인지 몰라 나는 눈알만 굴렸고, 언니는 눈꺼풀에 크림이 번들거리는 눈으로 나를 봤다.

"기억 안 나? 나 피부 때문에 미칠 뻔하고 다이어트 하다가 죽을 뻔했잖아."

"아아, 그래. 그랬지."

"됐어, 연기하지 마. 어떻게 3년 전 일도 기억을 못 하냐."

언니가 소미나 나처럼 외모 때문에 괴로워했다니 놀라웠다. 내 형편없는 기억력은 더 놀랍고. 3년 전이라면 언니가 중 1, 나는 초등학교 4학년이었다. 그즈음 언니가 미친 사춘기여서 엄마 아빠와 귤이를 괴롭혔지만 난 예외였다. 언니가 어떤 검을 휘두르든, 나는 흐르는 물처럼 상처 없이 스윽 벗어났다. 아무 생각이 없으니 상처받을 일도 없었달까. 나는 호수랑 싸우고 놀러 다니고 군것질하느라 바빠서 집에 잘 붙어 있지도 않았다. 그 시절에 비하면 현재는 대단히 가정적으로 변모한 거다.

"예전엔 그랬는데 지금은, 어쩌다가 이렇게 됐어?"

그런 고통을 어찌 이겨 내고 이토록 뻔뻔하고 당당한 재수 없음을 갖추게 되셨는지요.

"야! 드르릉!"

언니는 동생의 속마음을 간파하고 베개를 던졌다. 캑, 먼지.

"난 옆집 이모 덕에 살았다고 보면 돼. 이모 음식 솜씨가 예술이잖아. 내가 싫다는데도 이것저것 해다 주셨어. 말은 싫다고 했지만 냄새가 진짜, 그걸 버티면 인간계가 아니야. 다이어트고 뭐고 이러다가 죽겠다 싶어서 주는 대로 먹기 시작했지 뭐. 피부는 간지럽고 따가워서 자다가 깨서 울고 그랬는데, 겨울 방학 때 피부과 다니면서 나아졌고. 약도 먹고 시술도 받고 그랬어."

그즈음 우리 집에 각종 음식물이 유독 풍부했던 것 같기는 하다. 그건 그렇고, 피부과라고?

"나도 피부과 다닐래. 엄마는 진짜, 나한텐 괜찮아질 거라고만 하고서."

"지금 그게 핵심이 아니잖아. 혜미 동생 말이야, 기운 없고 의욕도 없고 뭘 해도 짜증만 나고 그런다고 하지 않아?"

"맞아! 그렇대!"

"나랑 똑같네. 생각해 보면 나 그때, 영양실조 비슷한 상태였던 거 같아. 어떻게든 잘 먹여 봐. 그럼 좀 나아질지도 몰라."

"정신적인 문제라면? 그래도 잘 먹으면 괜찮아져?"

"내가 의사는 아니지만 정신도 육체의 일부잖아. 뇌가 없으면 어떻게 생각을 하고 감정을 느끼겠니. 뇌에 영양분이 들어가야 살고 싶은 마음도 생기지."

언니는 마무리 발언을 마치더니 턱짓으로 문을 가리켰다. 볼일 끝났으면 썩 꺼지라는 뜻. 그래도 언니와 이만큼 긴 대화는 오랜만이거나 처음이었다. 3년 전 지금 내 나이였던 언니가 얼마나 힘들고 괴롭게 그 시간을 통과했는지 나는 모른다. 내가 기억하지 못하는 것이 아니라, 언니가 나한테만큼은 내색하지 않았는지도. 좀 미안했다. 오랜만에, 어쩌면 처음으로.

"상담 치료 같은 것도 한번 받아 보면 좋을 거야."

"알았어. 기회 봐서 말해 줄게."

나는 방문을 조용히 닫고 나왔다.

앓던 이

"쟤, 소말리아에서 실려 온 환자 같지 않냐?"

종례 전, 차세용이 소미를 가리키며 말했다. 차세용과 친한 남자애들이 키득거렸다. 소미는 책상에 엎드린 채 꿈쩍도 않는다. 차세용은 우리 반에서 제일 깐족거리는 캐릭터다. 용후 탈모 아니냐고 했을 때, 나도 쟤처럼 목소리가 커다랬을까.

"아님, 소말리아 땅거지?"

소미의 마른 등이 민율 언니와 겹쳤다. 언니의 3년 전은 기억 너머로 사라졌지만 이 순간의 소미는 눈앞에 있다. 뭐라고 받아쳐야 차세용이 입을 다물고 데굴데굴 구석에 처박힐까 궁리하는데, 엘라가 나섰다.

"소말리아 땅거지라니, 그거 차별이고 혐오거든! 그리고 너, 소말리아가 어느 대륙에 있는지는 알고 하는 말이야?"

그러고는 팔짱을 낀 채 앉아 여유롭게 웃는다.

"알든 말든 무슨 상관이냐고. 상관 말라고."

자존심을 세우는 차세용. 차세용 무리가 오올, 하는 눈빛으로 친구를 우러러본다. 반 아이들의 시선이 차세용과 엘라에게 쏠리고, 소미는 움직임이 없다.

"모르나 보네."

"모르긴 뭘! 아프리카잖아!"

아 뭐야, 정답이잖아. 문제가 너무 쉬웠나 싶었는데 엘라가 손으로 입을 가렸다. 누가 봐도 안 웃는 척 웃는 중.

"왜 웃어? 야 이엘라, 왜 웃냐고!"

흥분하면 지는 건데, 놈은 이미 저녁 해처럼 지고 있다. 그에 반해 엘라는 플러스 1점. 이것으로 3점째인가? 엘라는 생각보다 괜찮은 애일지도 모르겠다. 점셋이 아니라면 더 좋고.

"아아, 미안. 소말리아가 아프리카에 있다니까 나도 모르게 그만."

엘라는 손으로 부채질하는 시늉까지 하면서, 다른 사람 입에서 나왔다면 어색했을 대사를 물 흐르듯 자연스럽게 소화해 냈다.

"개황당하네. 내 말 맞지? 소말리아 아프리카에 있는 거 맞지?"

차세용의 닦달에 남자애들 몇몇은 고개를 주억거리고 몇몇은 동공 지진이다. 나도 아주 잠깐, 소말리아의 지리적 위치가 헷갈릴 정도로 엘라의 연기는 우아했다.

"그래, 그렇다고 해 두자."

엘라가 말했다.

"아프리카가 아니면 어디냐고! 최은율, 넌 알아?"

"유럽이잖아."

나는 입술에 침을 바른 다음 대답했다.

"개미친, 그럼 UEFA 챔피언스 리그에 소말리아가 왜 없는데."

챔피언스 리그라면, 축구? 아빠가 새벽에 소파에 앉아 볼륨을 줄이고 보는 축구 경기가 챔피언스 어쩌고였는데. 나는 에라 모르겠다 때려 맞히기로 한다.

"그 나라는 축구에 관심이 없나 보지."

이쯤 되니 차세용의 동공도 흔들린다. 차세용은 구원자가 없나 둘러보다가 지식의 권위자에게 가르침을 청하러 갔으니, 이름하여 홍, 다, 희.

"홍다희. 소말리아가 어느 대륙에 있어?"

"소말리아?"

학원 숙제를 하던 다희가 딴 세상에 다녀온 사람처럼 되묻더니, 평온한 얼굴로 대답했다.

"유럽."

우리 반 1등이자 전교에서도 순위권인 홍좌의 말씀으로 게임 끝. 차세용이 폰을 돌려받아 검색을 해 보기 전까지 약 10분간 소말리아는 축구에 관심이 없는 나라로서 유럽 대륙에 있을 예정이다. 그 뒤에 소말리아의 진실을 확인한 차세용은 공기를 과다 흡입한 축구공처럼 날뛰겠지만 뭐 어쩌라고, 게임 끝났는데. 소미와 소말리아를 모욕한 자, 그 치욕을 되돌려 받으리라.

종례가 끝나자 나와 엘라, 다희는 약속이라도 한 듯 소미를 둘러싸고는 일으켜 세웠다. 우리 중 누군가가 건드려서 찬효의 가방이 바닥으로 떨어졌다. 나는 가방을 책상 위에 올려놓았다. 열린 지퍼 틈으로 안쪽에 달린 공룡 열쇠고리가 보였다. 머리에 달린 황금색 뿔이 눈에 익은데 어디서 봤더라. 기억이 날 듯 말 듯하다 안 났다.

우리는 학교를 빠져나가서야 소미를 원 밖으로 풀어 주었다. 녹은 해파리처럼 흐느적거리는 소미의 눈가에는 눈물 자국이 선명했다.

"아이스크림 먹을래?"

편의점 앞에서 엘라가 말했다.

"그래!"

나와 다희는 소미를 파라솔 아래 플라스틱 의자에 앉혔다.

"난 안 먹어."

소미가 말했다.

"들고만 있어."

나는 엘라가 사 온 아이스크림 중에서 하나를 골라 봉지를 까고 소미의 손에 쥐어 주었다. 소미는 자신을 구출한 용사들의 호의를 거절하지 못하고 나무 막대를 헐거운 칼자루처럼 정말 들고만 있었다.

가을치고는 후텁지근한 날씨였다. 우리는 파라솔 아래 둘러앉아 색도 맛도 다양한 아이스크림을 먹었다. 소미가 쥔 아이스크림이 녹아서 아스팔트 위로 떨어졌다. 녹은 아이스크림과 빗방울과 눈물, 무엇이 먼저였는지 모르겠지만 소미가 울기 시작했다. 내 입속에서 아이스크림이 녹아 사라졌다.

소미는 녹아서 뭉개지는 아이스크림을 죽일 듯 노려봤다. 두 눈을 딱 감고 한 입을 먹으려다…… 혀끝으로 살짝 건드린다. 초록색 파라솔 위로 빗줄기가 쏟아져 내렸다. 홀쩍이다가 손에서 힘이 빠졌는지 소미가 아이스크림을 놓쳤다. 아이스크림은 경사진 땅을 굴러갔고, 빗발 속에서 이윽고 막대만 남았다.

비가 잦아들자 다희는 막대를 주워 쓰레기통에 버리더니 학원에 갔다. 엘라는 아이스크림 값을 거절하고는 집으로 갔다. 소미는 나한테 맡겨 둬, 하는 눈빛으로 나는 떠나는 이들을 안심시켰다. 소미와 둘만 있는 시간이 필요했다. 점셋 문제도 있고, 언니의 조언도 있고.

"저기 있잖아, 오해하지 말고 들어 줘. 죽고 싶어 한다는 걸 알면서도 널 놔두면 난 그 뭐지, 방관자? 방조자? 그런 게 돼. 그러니까 내 부탁 하나만 들어줄래? 안 그러면 담임이나 홍쌤한테 말해야 하는데 고자질 같아서 별로야."

"부탁이 뭔데?"

"부침개 먹으러 가자. 우리 동네에 달인이 있어."

부부 싸움으로 속이 편치 않을 이모한테는 죄송하지만, 믿을 데라고는 이모의 최상급 음식 솜씨뿐이다.

"먹기 싫어."

"옆에 앉아만 있는 것도 싫어?"

"그 정도는 뭐……."

이모의 음식 냄새를 맡고도 참으면 그건 민율 언니 말대로 인간계가 아닌 거다. 튀김과 빵, 떡, 면을 피해 다니는 소미가 크게 될 재목이기는 하지만 그래 봤자 인간이다. 나는 비밀스러운 야심을 품고서 소미와 함께 버스 정류장으로 향했다. 애가 기운이 없어 보여서 걸어가자는 말은 못하겠다. 덜컹거리는 버스를 타고 가는 동안 소미는 오른손 집게손가락을 골똘히 들여다보았다.

이모네 반찬 가게의 차양 밑에 들어서니 다시 내리기 시작하는 비. 가게 안에는 준비된 운명처럼 부침개 냄새가 가득했다.

"은율이 왔구나. 아무래도 올 거 같아서 부침개 부치고 있었지. 친구니?"

"아, 안녕하세요."

"잘 왔다. 거기 앉아. 은율아, 부친개는 김치로 줄까, 부추로 줄까?"

"둘 다 주시면 안 돼요?"

고민 될 때는 진리의 둘 다!

"되지 왜 안 돼. 반반씩 해 줄게."

이모는 부침개에는 막걸리지, 하며 냉장고로 다가갔지만 우리를 보더니 머쓱한 웃음을 짓고는 손수 담근 식혜를 꺼냈다.

나와 소미는 이모가 재료를 손질하고 밥을 먹는 탁자에 앉았다. 얼마 지나지 않아 짬짜면처럼 반반을 나눠 한쪽은 부추전, 한쪽은 김치전인 부침개가 나왔다. 보름달처럼 커다란 동그라미에서는 달빛 꿀을 뿌린 인절미처럼 고소한 냄새가 진동했다. 이모는 겉절이를 담그러 주방으로 가고, 나는 간장 종지와 앞접시를 소미 앞으로 밀어 주었다.

젓가락을 들어 부추전과 김치전 경계의 바삭바삭한 테두리를 뜯어 간장에 콕, 찍은 다음 입에 넣는다. 그리고 입안에서 앗 뜨거워, 호들갑을 떨며 부침개를 굴렸다. 부침개 먹기 라방을 보는 소미의 목울대가 꿀꺽 움직였다. 인간 맞군. 다행이다.

"우리 언니도 몇 년 전에 다이어트 빡세게 했는데 죽을 거 같고 죽고 싶고 그랬대. 이러다가 진짜 죽겠다 싶었는데 여기 이모가 해 주신 음식 먹고 살아났다는 거지. 잘난 척은 혼자 다 하면서 잘 먹고 잘 살고 있어."

"우리 언니한테 얘기 들었어."

"역시. 학교에서도 잘난 척 심하다고 그러지?"

"그게 아니라, 너랑 한 얘기를 너희 언니가 전해 줬대."

"그걸 그새 얘기하냐. 뒷담화한 거 아니고 널 돕고 싶어서 그런 거야."

"알아. 너희 언니도 그래서 말한 거래. 덕분에 우리 언니랑 얘기도 길게 나누고, 나쁘지 않았어."

나도 소미 덕분에 민율 언니와 대화란 걸 해 봤는데.

"언니는 내가 그렇게 힘들어하는지 몰랐대. 부모님이랑 사람들이 언니랑 나를 비교하는 건 알았지만 나쁜 뜻으로 그러는 게 아니니까 웃어넘길 줄 알았대. 어떻게 그렇게 뻔한 걸 몰라? 자기 좋을 대로만 생각하고."

황당하지만 그게 그럴 수가 있다. 나만 해도 민율 언니가 한동안 고생했다는 걸 모르고 지냈으니까. 하지만 소미네 언니의 편을 드는 꼴이 될 듯해서 아무 말도 하지 않고 부침개만 먹었다.

"앞으론 나랑 옷도 사러 가고, 맛있는 것도 먹으러 다니고 싶다는데……."

"그러자고 했어?"

"생각해 보겠다고 했어."

소미는 팔짱을 끼고 미간을 찌푸렸다. 죽고 싶어 하는 느낌은 아니었다. 절박하지 않고 무심하다.

"언니랑 얘기해서 그런가, 너 좀 나아진 거 같아."

"약간은. 앓던 이를 뺀 느낌이랑 비슷해. 언니 탓만은 아니었던 거 같아. 나도 날 너무 못살게 굴었어."

"그럼 이걸 먹어 볼 생각은? 이젠 너한테 좀 잘해 줘도 되잖아."

126

"생각은 있지만……."

"맛있게 먹으면 0칼로리, 알지?"

소미는 속아 준다는 얼굴로 피식 웃었다. 그러더니 반대 방향의 바삭 부위를 요만큼 찢어 앞접시에 놓았다. 젓가락 끝으로 김치 조각을 집는 다. 거세진 빗발이 응원의 박수를 쳤다. 기름이 스며들어 매끈하고 귀퉁 이에는 밀가루도 상당량 붙어 있는 짭짤하고 고소한 배추 이파리. 기름 과 염분의 아름다운 공동체. 평소의 소미라면 악마 보듯 했을 음식이다. 소미는 눈을 질끈 감더니 김치를 입에 넣고는 혀를 입천장에 살짝 붙여 맛을 보았다. 그러고는 씹지 않고 삼킨다.

"어때?"

"맛있어."

소미는 물을 마셨다. 엄지손가락만 한 김치 조각과 물 반 컵, 그것으로 그만이었지만 나도 소미도 만족스러웠다. 작든 크든 첫발을 뗐으니까.

"근데 손가락에 뭐가 났나 봐."

나는 소미가 내미는 오른손을 살펴보았다. 집게손가락 첫째 마디의 작 은 점이 형광등 불빛을 받아 은빛으로 반짝인다.

"뭔가 박혀 있어. 쇠 같은데?"

"어쩐지. 계속 아프더라."

"내가 한번 빼 볼게."

파우치를 뒤져 찾은 옷핀을 알코올 스왑으로 소독했다. 잘 익은 여드 름을 터뜨리기 직전과 같은 긴장이 핏속에서 꿈틀거렸다. 소미의 오른손 을 잡고 반짝이는 이물질 쪽으로 얼굴을 가져갔다.

"콧구멍을 왜 그렇게 벌름거려?"

"나 웃기지 마. 웃으면 힘 빠져."

핀을 은색 이물질 밑으로 살짝 찔러 넣었다. 살에는 닿지 않게, 살갗만 들어 올리는 감각으로. 소미는 으으으, 징그러운지 실눈을 뜨고 시술을 지켜봤다. 한두 번 헛손질을 해서 소미를 기겁하게 했지만 피 한 방울 보지 않고 이물질을 핀 끝으로 당겨서 빼는 데 성공! 어쩌다가 이런 쇳조각이 손가락을 파고들었을까.

"고마워. 되게 거슬렸는데 앓던 이 하나 더 뺀 거 같다."

"넌 이가 손가락에 있어?"

우리는 킥킥거렸다. 그러다가 소미가 휴지 위에서 반짝이는 아주 작은 쇳조각을 보며 "이제…… 괜찮겠지?" 하고 말했다. 나는 괜찮을 거라고 대답했다.

> ☆ 4번 정소미도 아닌 것 같다. 이제 3모둠에서는 3번 이찬효 한 명만 남았는데, 이찬효가 점셋일까? 얘도 아닌 거 아니야? 그럼 점셋은 3모둠이 아니라 다른 곳에 있는 건가. 혹시 정말, 이엘라? 이런 난관을 돌파하려면 논리적인 추리력이 필요한데 난 너무 비과학적이다. 아무튼 내 비과학적인 추리에 따르면 현재 범인일 가능성이 가장 높은 사람은, 이찬효다.

3번 이찬효:
아픈 자리에 남겨진

범인은 누구?

"점셋인가 뭔가, 그거 나야. 내가 범인이라고."

점심시간, 차세용이 내 자리로 오더니 말했다.

"이거 보니까 아주 셜록 홈스 났더라? 나를 몰라보고 엉뚱한 3모둠이나 뒤지니까 발전이 없지."

차세용이 교복 재킷 안에서 낯익은 공책을 꺼내더니 휘두른다. 펄럭이는 내 앞머리. 공들여 가려 놓은 거대한 여드름이 대낮의 형광등 불빛 아래 드러난다. 나는 책상과 가방을 뒤졌다. 국어 공책이 없다!

"왜 남의 걸 가져가? 거짓말하지 말고 공책이나 내놔."

나는 손을 뻗었지만 공책 탈환에 실패했다. 남자애 서너 명이 낄낄거리고 촐싹대며 차세용 뒤편을 지키고 있다. 이들은 악당인가, 바보인가. 서로들 참 든든하겠다.

"거짓말 아닌데? 내가 점셋인데?"

차세용은 공책을 치켜들고는 눈동자에서 혀가 날름거리는 듯한 메롱 눈빛을 날렸다. 그러더니 이마에 손을 대고 멀리도 내다보는 척하며 두리 번거린다.

"우리의 셜록 홈스는 누가 범인이라고 생각하는 걸까? 어, 이찬효가 요기 있네! 최은율이 범인은 너라고 딱 찍어 놨던데?"

간족 화살을 맞고도 교과서 속 삽화처럼 꼼짝 않는 이찬효.

"요거 요거, 얼굴 빨개지는 거 보니까 심상치가 않은데. 너 최은율 좋아하냐? 내년에도 최은율이랑 같은 반 되고 싶은데 반대로 말한 거야?"

"……."

"최은율, 이찬효가 아무 말 안 하는 거 봤지? 얘도 너랑 같은 반 되기 싫은 거 같은데? 범인이 나 한 명이 아닌 거 같은데에?"

나도 이찬효를 가장 유력한 용의자라고 결론 내리긴 했지만 이건 아니지. 비과학적인 추측에도 못 미치는 억지다.

"넌? 최은율이랑 같은 반 되고 싶어?"

차세용이 절친들에게 물었다.

"아니."

"그럼 넌?"

"나도 아니지!"

이런 식으로 차세용의 무리는 나와 같은 반이 되고 싶지 않다고 진술했다. 놀랍게도 나는, 전혀 충격받지 않았다. 나도 걔네와 같은 반이 되고 싶은 마음이라고는 붕어빵의 어육 함량만큼도 없다. 차라리 차세용이 범인이면 좋겠다는 생각까지 들었다. 뭐야 기껏 차세용인데 괜히 힘만 뺐잖아, 한숨을 내쉬고는 우리 집 고양이의 눈곱이나 닦아 주면 그만이다.

"점셋이 대체 몇 명……" 하던 차세용이 움찔한다. 어느새 다희와 엘라, 진아, 소미, 민준이가 뭉게구름처럼 뭉게뭉게 다가온 것이다. 차세용 무리도 의리는 있어 갖고 차세용 뒤편을 지켰다.

"은율이한테 사과하고 공책 돌려줘."

차세용 킬러, 엘라.

"아 진짜 차세용, 너한텐 무슨 말을 못 히겠다."

민준이. 공책의 존재를 떠벌리고 다녔나 보군.

"은율아, 괜찮아?"

귀에 대고 속삭이는 다희.

"난 내년에도 얘랑 같은 반 되고 싶은데? 꼭 같은 반 될 건데?"

진아를 보라, 이것이 용후 포카의 위력이다! 아, 바꿔서 말해야 하나. 용후 포카의 위력을 보라, 이것이 진아다!

누군가 팔짱을 끼어서 고개를 돌리니 소미다. 소미를 보니까 이 와중에도 이모가 해 주는 부침개가 생각난다.

"이 떼거지는 뭐야. 김진아, 최은율이 더 이상은 너한테 포카 안 준다고 한 거 알아? 여기다 써 놓은 거 내가 다 봤어."

차세용이 공책을 흔들며 반격에 나섰다. 점셋 조사＋탐구 일지의 내용을 폭로하려는 건가!

"나도 뭐 용후 포카 일단 다 모아 갖고 더 이상은 필요 없거든? 그리고 사실 난 포카 천 장보다 용후 하나만 있으면 돼."

그러나 내가 준 용후 포카 한 장이 웬만한 포카 백 장에 맞먹는 희귀템이라는 사실은 나도 알고 있다. 현재 시점에서 진아는 더 모아야 할 포카가 없다.

"와 웃기시네. 됐고, 정소미 너한텐 날벌레한테도 질 것 같다고 했어."

소미가 날벌레랑 싸워도 질 것처럼 힘이 없어 보인다고 쓰긴 썼다. 하지만 나한테 따지는 모습을 보고 줄 그어서 지웠단 말이다.

"굳이 이겨야 돼? 나 벌레 무서운데……."

소미가 나를 보며 말했다.

당황한 차세용은 엘라와 민준이 쪽으로 폭로의 물길을 바꿨다.

"너희한텐, 뭐였지, 여기다 뭐라고 써 놨던데."

차세용이 공책을 펼쳐서 뒤지는 사이, 민준이가 다가가서 공책을 낚아채더니 나한테 던졌다. 나는 공책을 되찾았고 민준이는 엉덩이를 씰룩거리며 '나 좀 잘했지' 하는 표정으로 약간 까불었다. 무슨 주제로든 엘라와 하나로 묶여서 흐뭇한 나머지 힘을 낸 모양이었다.

"너 저번에 소말리아 틀렸다고 복수하는 거지? 좀 씨질하다는 생각 인 들어?"

차세용 킬러가 나섰다.

"난 제대로 알고 있었는데 니들이 유럽이라고 우겼잖아!"

차세용은 유럽을 거쳐 아프리카로 가든가 아프리카를 지나 유럽까지 날아갈 기세로 날뛰느라 점심시간이 끝나는 줄도 몰랐다. 선생님에게 한소리 듣고서야 제자리로 가서 씩씩댄다.

수업이 시작되자 그제야 가슴이 뛰고 눈에 눈물이 돌았다. 자칫 잘못하면 오해받을 뻔했다. 점셋 조사는 반 애들도 아는 사실이다. 하지만 공책은 나만 보려고 쓴 건데 그 내용을 떠벌리다니. 3모둠 애들이 더는 캐묻지 않고 나를 이해해 줘서 다행이었다. 다희가 뒤를 돌아보고는 정말 괜찮으냐고 눈빛으로 묻는다. 나는 망설였지만 고개를 끄덕였다. 날 도와

준 친구들이 있으니 괜찮다. 나도 조금은 강해졌단 말이다.

> ☆ 혹시 차세용과 걔 친구들 중에 정말 범인이 있다면? 작은 단서도
> 놓치지 말자. 차세용 말이라고 해서 죄다 헛소리라고 무시하면 안 된다.
> 윽, 용의자가 한 명으로 줄어드나 싶었는데 다시 늘어났잖아.

내 쪽을 보다가 고개를 돌리는 찬효와 눈길이 스쳤다. 아, 신경 쓰여. 지금까지 딱히 비공개도 아니었지만 이렇게 된 거, 이제부터는 확실히 공개 조사로 전환한다.

질문과 질문

"찬효가 원래 쟤들이랑 친했었나?"

다희가 국 건더기를 건져 먹다 말고 칸막이 너머에서 말했다.

유력 용의자인 찬효가 새로운 용의자인 차세용 무리 옆에서 밥을 먹는다. 오늘 메뉴가 야채 튀김이라서 하는 말이지만 이찬효는 꼭, 커다란 튀김 옆에 떨어진 부스러기 같다. 근처에 있긴 있는데 따로 논다.

"안 친했지."

차세용 무리는 급식실 규칙도 어기고 떠드는데 찬효는 식판을 내려다보며 최저 속도로 젓가락질만 한다. 밥알 몇 개, 콩나물 무침 한 가닥, 깨작깨작. 그 모습을 보니 나도 어쩐지 우울해져서 애정하는 야채 튀김에도 시큰둥하다. 호수가 있었으면 튀김을 두 개밖에 못 먹다니 위와 장을 집

에 두고 왔냐고 했겠다.

"괴롭힘당하거나 그런 건 아니겠지? 요 며칠 같이 다니던데."

다희가 목소리를 낮추었다. 벽에 걸린 달력처럼 조용하던 찬효가 쉬는 시간마다 숙제만 하는 다희 눈에까지 띄었다.

"보니까 쟤네가 계속 말 걸고 그러더라고. 혹시 모르니까 이찬효한테 괜찮냐고 한번 물어봐?"

이 말을 하고 나서 나는 앗, 작은 비명을 내뱉었다. 바싹 튀겨져 딱딱한 튀김 모서리에 입천장을 찔렸다. 혀로 입천장을 더듬느라 입을 다문 김에 생각해 보니, 내가 이찬효 걱정을 왜 하나 싶다. 쟤는 용의자다. 그것도 유력 용의자.

"그럼 좋을 거 같아. 쟤들은 뭐랄까, 찬효 스타일은 아닌 느낌이라서."

차세용 무리가 찬효 스타일이 아니라는 말에는 나도 동감. 차세용은 나와 시선이 마주치면 눈에 힘을 주고 보란 듯이 찬효에게 친한 척을 했다. 차세용이 왜 그러는지는 무시하고 넘어가면 그만이지만 찬효는 신경이 쓰였다. 왜 내가 용의자의 정신 건강까지 챙겨야 하지. 이놈의 오지랖 드넓은 박애 정신은 당근에 올리든가 해야겠다.

그 뒤로 며칠간 관찰한 결과, 찬효는 종례가 끝나면 가방을 챙기는 척하면서 꾸물대다가 가장 늦게 교실을 떠났다. 난 앞문으로 나가는 선생님보다 더 빨리 뒷문으로 튀어 나갈 때도 많았기에 꼴등의 처지는 모르고 지냈다. 현서가 있을 때는 현서와 속도를 맞추느라 중간 순위였다. 현서가 전학 간 다음에 외톨이가 된 모습을 보이기 싫어서 빨리 움직이게 됐을 뿐이다. 그러다가 다희와 하교하게 되면서 중간 속도를 되찾았다. 학원을 여러 군데 다니는 다희와 교문 앞에서 헤어지는 날이 사흘, 우리 집까지 함께 걸어가는 날이 이틀이다. 찬효는 일주일에 다섯 번 혼자 하교한다. 차세용은 하교 시간이 되면 찬효를 수학 교과서처럼 버려두고는 베프들과 가 버린다.

"물어볼 거 있는데 잠깐 시간 돼?"

종례 끝나고 다들 교실을 빠져나가자 나는 찬효 자리로 향했다. 다희한테는 먼저 가라고 말해 놨다.

"나? 빨리 가 봐야 되는데……."

찬효는 가방을 열어 교과서를 쑤셔 넣었다. 가방 안쪽에 걸린 공룡 열쇠고리, 저번에도 본 거다.

"잠깐이면 돼. 두 가지만 물어볼게. 첫 번째는……."

무슨 질문을 먼저 해야 하지. 네가 점셋이냐고? 아니면 너 괜찮으냐고? 이걸 고민하다니 개마고원보다 광활한 오지랖과는 평생 짝꿍이겠구나 하는 선명한 예감에 사로잡힌다. 최은율 세 글자가 궁서체 볼드 100포인트로 새겨진 오지랖이라 당근에 내놔도 살 사람이 없을 듯.

"너, 괜찮아? 차세용 말이야. 갑자기 너한테 친한 척하는 거 같아서."

휴우, 물어보고 말았다. 이 질문이 1번이다.

"너도 애들이랑 갑자기 친해졌잖아. 난 그러면 안 돼?"

딱 부러지다 못해 뾰족한 질문에 말문이 막혔다. 평소 분위기대로라면 멈칫거리고 주저할 줄 알았는데 할 말을 다 한다. 솔직히 좀, 안심이 되었다. 차세용 무리의 끄트머리에 딸려 다니는 맥없는 모습이 아니어서. 내 눈을 똑바로 보며 말해서.

"그런 뜻이 아니고 차세용이랑 혹시, 음 그러니까, 뭔가 문제가 있는 건 아닌가 해서."

"차세용은 단순한 애야. 자기가 한 일은 했다고 해."

"무슨 소리야? 그럼 진짜 걔가 범인이란 거야?"

"그런 게 아니라, 너는 정말……."

"나? 내가 뭐?"

그러자 찬효가 나를 물끄러미 바라보더니 말했다.

"너 정말 다 까먹었나 보구나?"

"뭘 까먹어?"

"……아무것도 아니야. 난 괜찮으니까 신경 쓰지 마. 이제 됐지?"

"잠깐만. 차세용이랑은 어떡하다가 친해진 건데?"

"친해진 거 아니야. 그냥 잠깐, 기웃거리는 거야."

현서가 전학 갔을 때 나도 반 애들 주변을 기웃거렸다. 그렇게 먼 바깥도 주변인지는 모르겠지만. 하루아침에 나는 불행해져 버렸는데 다른 애들은 갓 튀긴 도넛에 뿌려진 설탕 가루처럼 행복하게만 보였다. 그러나 아무리 밝고 상쾌하고 발랄해도 걔들은 현서가 아니었고 난 다시 혼자였다, 1학년 1학기 3월처럼.

"새고방 메시지, 혹시 너야?"

두 번째 질문.

"예전에 벽화 마을 탐방 갔던 건 기억나지?"

찬효는 내 질문에 뜬금없는 질문으로 답했다.

"4월에 갔던 거? 응."

그날은 현서와 친해진 날. 생일만큼 특별한 날인데 어떻게 잊어.

"그날 무슨 일이 있었는지는?"

"아……! 너랑 나랑 길 잃고 돌아다녔잖아."

"그게 다야? 그다음엔?"

"그런 게 왜 중요한데. 그냥 너인지 아닌지 말해 주면 안 돼?"

"다 생각나면 말해 줄게."

내가 던진 질문이 해석하기 어려운 질문으로 되돌아왔다. 기억력 나쁜 나는 난감할 뿐이다. 찬효는 무슨 말인가 할 듯하다가는 입을 다물고 가방을 멨다. 교실을 나가는 뒷모습에 4학년 때 모습이 어렴풋이 겹쳤다. 친구와 웃으면서 이야기하고 운동장에서 축구도 하던 이찬효. 매일 쓰는 밥그릇 안쪽에서 발견한 무늬처럼 조그맣고 희미한 기억이다. 답을 모르는 문제 앞에서 상관없는 내용이 생각나듯 엉뚱한 기억만 떠오르고 난리다.

찬효는 정말, 어떤 애일까.

만약 이찬효라면, 왜?

이제껏 엄마와 함께 수많은 드라마를 봐 왔지만 유독 답답할 때가 있다. 옆에 있는 그자가 범인이라는 사실을 나는 아는데 주인공은 모르는 경우, 주인공 귀에 대고 '아 쫌 정신 차리고 옆을 보라고요!' 소리치고 싶어진다.

최은율 인생 드라마의 주인공은 나 최은율, 정신 똑바로 차리자. 찬효가 범인인 듯 아닌 듯 범인인가 싶은 속 터지는 상황이지만 이런 때일수록 흔들리면 안 된다. 다량의 용의자를 투척한 차세용에게 속지 말 것. 내가 진행해 온 조사가 가리키는 지점을 바라볼 것! 3모둠에서 남은 용의자는 찬효 하나다. '만약 이찬효가 점셋이라면 걔는 왜 그랬을까?'라는 질문 아래 2차 탐문을 벌이기로 했다. 차세용 무리를 번외편으로 밀쳐 두면 남은 용의자는 어차피 찬효 한 명이니 '누구'에서 '왜'로 방향을 바꾸는 거다. 벽화 마을을 탐방한 날과 그 뒤에 무슨 일이 있었는지 기억날 때까지 시간을 허비하지 않겠다는 의지.

"찬효는 왜? 걔가 그랬대?"

찬효에 관해 아는 것이 있냐고 묻자 진아가 한 말이다. 찬효는 친하게 지내는 친구가 없으니 최근에 소통하고 지낸 3모둠 애들을 2차 탐문의 대상으로 삼았다.

"그건 나도 모르는데 한번 알아보려고."

"찬효만 남기는 하네. 나는 아니고, 소미도 아닐 거 같고, 다희는 카톡 안 되고, 민준이는 딴 애 말했고."

진아는 다섯 손가락을 하나씩 접어 가며 내가 탐문한 용의자들을 1초에 한 명씩 제거했다. 뇌피셜이 난무하는 엉성한 논리였지만 나를 약 올리기에는 충분했다.

"미리 귀띔 좀 해 주지."

"지금 생각해 보니까 그렇다는 거지. 그리고 어른들이 맨날 그러잖아, 결과보다 과정이 중요하다고. 이런 기회에 모든 과정을 차근차근 거치면서 제대로 빡쳐 보는 것도 뭐, 나쁘지 않잖아?"

말을 말자, 말을. 가방에서 텀블러를 꺼내 미지근한 물을 들이켰다. 속이 갑갑하다 못해 뜨겁지만 아아 마시기에는 춥다. 겨울이 오려나 보다.

"찬효 걔가 너 좋아하는 거 아냐? 좋아하는데 몰라주면 서운하고 빡치잖아."

"진짜 이럴래!"

큰 소리가 빽 터져 나왔다. 지나가던 사람들이 쳐다본다. 벌게진 얼굴을 미지근한 물로 식힐 수밖에 없는, 제대로 빡치는 늦가을 오후.

"아 왜. 결국 이 세상 모든 이야기의 주제는 사랑이란 말이야."

"그거 스윈 노래에 나오는 말이지?"

"용후 작사 작곡, '결국은 사랑 이야기' 들으시겠습니다!"

진아가 내 왼쪽 귓구멍에 이어폰 한 쪽을 쑤셔 넣었다. 멈춘 시계가 마지막 시간을 가리키듯 아픈 자리에 남겨진 내 마음……. 흐아, 무슨 아이돌 노래가 귀뚜라미 우는 가을밤처럼 청승인지. 용후가 아니라 용후 큰아버지 작사, 작곡이래도 믿겠다. 끝까지 들어는 볼까 싶었는데 마을버스가 온다. 이어폰을 쏙 뽑아 가는 진아.

"끝까지 포기 안 하고 너, 보기보다 끈기 있다? 나한테만 물어보고 그만둘 줄 알았는데."

사람이 비슷해 보여도 똑같지는 않으니까. 누구든 어제랑 오늘이랑 조금씩은 다르잖아, 하는 생각이 들었다. 점셋의 메시지가 영혼을 강타했던 그 금요일 밤 9시의 나와 오늘의 나는 똑같지 않다. 예전에 나는 스윈에도 무관심했고 3모둠 애들도 잘 몰랐다. 찬효가 어떤 애인지는 아직도 잘 모르겠지만.

"네 마음 편해지면 이 세상 환해지네."

진아는 스윈의 노래에서도 용후 파트임이 분명한 부분을 흥얼거리더니 버스에 올랐다. 애가 지구상 모든 사건과 감정을 용후와 연관 지어서 그렇지 마음씨는 착한 편이다. 나는 왼손으로 벤치를 짚었다. 진아가 머무르다 간 자리가 따뜻했다. 이번에는 간격을 띄우지 않고 붙어 앉아 있었다. 항상 우리 사이에 있던 용후는 어디 갔을까? 진아라면 축축한 눈망울

139

로 이렇게 말했을 것이다. 베이베, 바로 네 마음속에.

으으윽, 몸서리를 치다가 공책을 꺼내 적었다.

> ☆ 이찬효가 범인이라면, 걔는 왜 그랬을까?
>
> 가설 1: 나를 좋아했는데 잘 안돼서 앙심을 품었고, 같은 반이 되기도 싫
> 을 만큼 정이 떨어졌다. → 고백도 안 해 보고 혼자 좋아했다가 싫어했다
> 가, 변덕이 심하네. 제발 이 가설만큼은 참으로 증명되지 않기를!

다음 날에는 학원까지 걸어가면서 소미와 이야기를 나누었다. 내가 다니는 학원과 소미가 다니는 학원이 같은 건물에 있다.

"난 찬효는 잘 몰라. 점심 안 먹고 교실에 남을 때가 있었다는 거 정도?"

"아, 걔가 그랬어?"

"응, 가끔. 다이어트 하나? 엎드려 자느라 자세히 못 봤네. 본다고 아는 건 아니지만."

그러나 나는 요즘 소미를 자세히 살펴보고 있다. 보니까 먹는 양이 늘었다. 숟가락을 국에 담갔다 빼는 수준은 아니다. 쌀밥, 현미밥, 콩밥, 찰밥도 먹고 고기반찬, 채소 반찬, 소시지 반찬도 먹고 후식으로 요구르트나 과자, 주스가 나오면 그것도 한두 입은 먹는다. 애들이 다이어트 관뒀냐고 물어보면 소미는 어깨를 으쓱하며 "아마 그럴걸?" 대답한다.

"저기, 있잖아" 하고 소미가 우물쭈물하자 난 쓸 만한 정보라도 나올까 싶어서 "왜, 뭔데" 재촉했다.

"이건 딴 얘긴데 저번에 그, 부침개 말이야. 다음에 또 먹으러 가도 돼?"

"아마 그럴걸."

나는 어깨를 으쓱하며 엘리베이터 버튼을 눌렀다. 소미가 뭐야, 하고 내 팔뚝을 치더니 웃었다. 화기애애하다. 음식이란 언제나 이처럼 옳고도 아름다운 존재.

"비 오는 날 가자. 비 올 때 먹어야 맛있잖아."

"일기 예보 확인해 봐야겠다."

소미는 3층에서 내리고 나는 5층으로 올라갔다. 소미가 치고 간 팔을 만지며 키힛 웃었다. 역시 이모의 음식 솜씨는 인간계가 아닌 거지. 민율 언니를 살려 낸 손맛이여, 소미의 식욕도 지켜 주길! 저번에는 소미가 지나가는 말처럼 "상담 센터를 가 봐야 되나" 했는데 마음속 생각이 말로 나오고 말은 행동으로 이어지는 법이다. 나는 할 일 앱에 '비 오는 날 소미랑 부침개 먹기'를 추가했다.

> ☆ 이찬효가 범인이라면, 걔는 왜 그랬을까?
>
> 가설 2: 다이어트 중에 신경이 곤두서서 충동적으로 아무 말이나 질렀나? 내가 너무 먹성이 좋아서 꼴도 보기 싫었나? 아, 이건 좀. 그렇게 개연성 없는 캐릭터는 아닌 거 같은데.

학원 수업이 시작되었는데도 교재 위에 공책을 펼친 채 추리(적 상상)에 빠져든다. 왜 찬효는 점심을 안 먹고 그랬을까. 고민 끝에 너무나 당연한 답이 떠올랐다. 혼자 밥 먹기 싫으니까!

현서가 전학 가서 같이 밥 먹을 친구가 없어졌을 때, 나도 급식실에 가기 싫어 뭉그적댔다. 며칠 지나지 않아 넘치는 식욕이 어색함과 쓸쓸함을 눌렀지만. 먹고는 살아야 하지 않겠어, 애늙은이처럼 콧바람으로 한숨을 뿜으면서 말이다.

찬효가 누군가와 마주 앉아 밥을 먹는 장면이 떠오른다. 기억이 어딘 가에 샘처럼 고여 있나 보다. 역시 4학년 때, 급식실에서 숟가락을 들고 웃는 이찬효. 맞은편에 앉은 아이가 수명을 다한 전구처럼 깜빡거린다. 짧은 머리에 까만 피부, 커다란 웃음소리. 찬효의 베프다. 이름이 뭐더 라, 동욱이었나. 걔는 다른 학교로 배정받았는지 새별중에서 본 적이 없 다. 그렇게 붙어 다니던 절친과 떨어졌으니 침울해질 만도 하다는 생각이 들……려는 건가, 나!

정신 차려, 최은율! 이찬효는 요상한 기억력 테스트로 나를 빡치게 하 는 유력 용의자다. 베프와 다른 학교, 다른 반이라는 이유로 용의자에게 감정 이입하지 말고 상황 파악 주제 파악 알뜰히 하자. 감정 이입? 내가 알 리 없는 고급 용어다 싶었는데 선생님이 칠판에 '감정 이입'이라 쓰고 는 설명 중이다. 그럼 그렇지.

호수에게 톡이 왔다. 폰을 책상 서랍에 숨기고 대화를 나눈다.

- 김동욱 알지, 찬효 베프. 속초로 이사 갔대.
- 걔가 동욱이 맞구나. 나도 방금 전에 생각났거든. 근데 그렇게 멀리?
언제?
- 5학년 되기 직전에. 나도 처음 알았어.

그럼 혹시 5학년 때부터 찬효는 쭉 외톨이처럼 지내 온 건가? 나까지 암담해져서 책상에 엎드렸다가 선생님 눈치가 보여 일어났다. 현서의 프사를 확인한다. 놀이공원의 바이킹 대기 줄에 서 있다. 현서는 겁이 많아서 바이킹 무서워하는데. 새 친구들을 따라서 간 거겠지. 그냥 잠깐 기웃거릴 뿐이라던 찬효 말이 가슴을 찔렀다. 벽시계를 보자 용후의 목소리가 기다렸다는 듯 귓전을 맴돌았다. 멈춘 시계가 마지막 시간을 가리키듯 아픈 자리에 남겨진 내 마음…….

아악! 그만해! 내가 왜 이찬효 마음까지 이해해야 되는데!

머릿속으로만 비명을 질렀다고 생각했는데 입 밖으로 소리가 삐져나온 모양이다.

"은율아, 악몽 꿨니?"

선생님 말에 애들이 와아아 웃었다. 나는 시뻘게진 얼굴로 죄송합니다, 웅얼거렸다.

수업 끝나고 집으로 돌아가는데 버스 차창 밖으로 찬효가 스쳐 갔다. 길거리를 걸어가는 걔 어깨가 기우뚱 주저앉은 듯 보였다.

도와줘요, 닥터 데드 버그

다희는 찬효와 같은 3모둠이었지만 이렇다 할 이야기를 나눈 적이 없다고, 도움이 못 돼서 미안하다고 했다. 마지막으로 입이 깃털처럼 가벼운 민준이만 남았지만 그 전에 나 자신부터 탐문해 보기로 했다. 잠재의식을 들여다보자. 집 안에서 물건이 사라지면 냉장고나 침대 밑을 들쑤시듯 말이다. 내 머릿속과 냉장고, 침대 밑의 공통점이라면 뒤죽박죽 엉망진창이라는 점. 탐문 겸 수색을 시작하려니 막막해져서 호수를 찾았다.

- 뭐 해?

- 엘라 보드 가르쳐 주러 감.

비타민 가루를 먹었을 때처럼 혀 아래쪽에 신 침이 고였지만 엘라가 건네던 아이스크림의 시원하고 달콤한 맛이 신맛을 덮었다. 알고 보니 엘라도 제법 괜찮은 애였다. 호수를 믿고 (떠)맡길 만했다. 밑지는 쪽이 엘라라서 죄책감이 들긴 한다.

- 보드는 어디까지 나갔는데?

- 팝샤빗 하는 중.

팝샤빗, 호수가 설명해 준 기술 같은데 뭐였지. 팝콘처럼 튀어 오르는 거였나? 이쯤 되면 말하는 돌멩이가 아닐까, 싶어서 손으로 머리를 두드려 보았다. 단단하다. 뭐 어때, 머리가 숙성 망고도 아니고 물렁물렁하면 큰일이잖아. 소미 일을 겪고서 나는 '나 자신에게 관대해지기'라는 기술을 익히는 중이다.

거실로 나가자 아빠가 바닥에 누워 두 팔과 두 다리를 허공에 든 채 버둥거리고 있다.

"아빠, 뭐 해?"

"운동하는 거야. 데드 버그 자세."

데드 버그? 뒤집힌 벌레처럼 버둥대는 것도 운동인가.

"척추 기립근과 둔부까지 탄탄하게 해 주는 코어 운동이야."

코어는 뭐고 기립근은 뭘까. 둔부는 두부와 어떤 관계일까. 아빠는 돌팔이 같고, 나는 바보 같다. 아빠를 버리고 작업실로 간다.

"엄마는 일이 잘 안되면 어떻게 해?"

"모든 것은 세상 속에 있고 나는 세상 속에 있다, 이게 내 신조야."

엄마가 손을 멈추지 않고 대답했다.

모니터에 뜬 그림이 예전과는 다르다. 엄마는 출판사의 요구와 주문에 맞추어 그림을 그려 주는 편이다. 그런데 이 그림은 내 맘대로 그릴 테니 싫으면 관두세요, 느낌이다. 자유분방한 출판사를 만났나.

"그렇다면 난 세상 속의 나와 어떻게 접속해야 할까? 뇌는 몸이 자는 동안에도 수많은 정보를 처리해. 우리가 알면서도 아는 줄도 모르는 정보를 분류하고 저장하는 거지."

"잔다는 거네."

"그렇지. 자고 일어나면 몸도 가볍고 머리도 개운하고, 새로운 구상이 떠올라."

우리 부모님은 별것 아닌데 거창하게 말하는 공통점이 있구나. 엄마마저 버리고 내 방으로 돌아와서 불을 껐다. 침대에 누워 정신을 집중한다. 드라마에서는 이럴 때 최면을 걸어 기억을 탐색하게 도와주는 사람이 나오고 그런다. 급한 대로 닥터 데드 버그의 도움이라도 받기로 한다. 방금 전에 알게 된 데드 버그가 왜 갑자기 닥터냐면, 데드 버그는 코어와 척추 기립근과 둔부에 좋으니까. 그 정도로 건강 관리에 도움이 된다면 (돌팔이) 의사라 봐도 무방하다.

두 다리를 버둥거리며 잠재의식 속으로 ㄱㄱㄱㄱㄱ 하려다…… 잠들었다.

찬효가 레고로 신발을 만든다. 재채기를 하자 내 입에서 레고 조각이 튀어나와 신발 안으로 들어간다. 조그맣게 줄어든 동욱이가 열쇠에 매달린 채 스윈의 춤을 춘다.

잠에서 깨어나 천장을 올려다보며 이 꿈에서 어떤 정보를 추출할지 궁리했지만 그냥 개꿈이었다. 내친 김에 내일 아침까지 자 버릴까 하다가 몸을 벌떡 일으켰다.

레고, 신발! 알면서도 아는 줄 몰랐던 정보!

> ☆ 이찬효가 범인이라면, 걔는 왜 그랬을까?
>
> 가설 3: 잊고 있던 기억이 떠올랐다. 요즘 난 기억 파는 두더지 같다. 초딩 때 내가 이찬효 운동화에 레고 조각을 넣어 놨는데(똑같이 생겨서 호수 신발로 착각ㅜㅜ) 이찬효가 그 신발을 신고 아파서 으악 소리를 질렀다. 나라고 밝히고 사과했나? 안 하고 어물어물 넘어간 듯. 이찬효가 범인이 나라는 걸 알고 앙심을 품었다면? (세상에 내가 범인이라니.) 아, 그러기엔 너무 사소한데. 하지만 이건 가해자 생각이고 피해자는 심각할지도 모른다. 이찬효에게 감정 이입해서 생각해 봐야 할 문제다.

가만, 감정 이입? 어디서 들은 말이더라. 아, 학원에서 국어 시간에. 국어, 국어…… 그래! 벽화 마을 탐방이 국어와 미술 연계 수업이었어! 이게 국어 공책이니까 단서가 남아 있을지도 모른다. 공책을 처음부터 한 장씩 넘겼다. 반으로 접어서 테이프로 붙여 둔 종이가 있다. 벽화 마을을 탐방하고 와서 쓴 소감문 활동지였다. 아끼는 스티커로 꾸며 놓기까지 했다. 운명적 발견에 소름이 돋으려다가 재채기가 터져서 흐지부지. 한 바닥 가득한 글을 읽어 본다. 마지막 줄까지 읽자 닥터 데드 버그가 잠재의식의 샘물에 요술 비라도 내려 줬는지 그날의 기억이 선명해졌다.

벽화 마을에서 있었던 일

그날은 추여름처럼 따뜻하고 맑은 날씨었다. 학교 밖으로 나산나며 신난 애들도 있고 귀찮아하는 애들도 있었다. 나는 벽화를 구경할 때 누구랑 다녀야 하나 걱정스러웠다. 4월 초인데 친한 친구가 없었다. 여드름도 창피하고 새 학교와 교복도 낯설었다. 짝을 비롯해서 앞뒤 주변까지 모두 나만 빼고 단짝이 생겼다. 누구의 베프 자리든 매진이었고 대기자 명단에도 내 이름은 없었다.

두셋씩 짝지어 다니는 애들 뒤편에 처져 걷다가 정신을 차리니 낯선 골목길에 나 혼자뿐. 우연과 실수가 반, 고의와 체념이 반이었다. 웃고 떠드는 소리와는 반대편으로 걸었다. 골목마다 벽화였다. 옷과 머리 모양은 똑같은데 표정과 피부색, 머리카락 색이 다른 사람으로 빼곡한 그림이 발길과 눈길을 붙잡았다.

그리고 10초 뒤, 나는 공중 스텝을 밟으며 "깜짝이야!" 비명을 질렀다.

"미, 미안!"

찬효였다. 벽 앞에 그림처럼 조용히 쭈그리고 앉아 있다가 일어나서 나를 놀라게 한 거다.

"미안할 건 없고……"

나는 말끝을 흐리며 운동화로 땅바닥에 의미 없는 도형을 그렸다. 찬효와는 4학년 때도 그랬지만 제대로 말을 나눠 본 적이 없었다. 하필이면

이 외진 길에서 비슷한 표정으로 마주치다니. 쟤는 우연인지 고의인지 모르겠지만 혼자라는 처지는 서로 똑같았다. 새 떼가 새파란 하늘을 날개로 그으며 날아간다. 찬효도 하늘을 올려다보더니 우수에 찬 눈빛이 되었다. 햇볕은 따스하고 공기는 상쾌한데 모래 먹고 체한 돌멩이처럼 침묵하는 나와 찬효.

"우리 없어진 거 아무도 모르나 봐."

'1학년 2반 외톨이 선언문'을 쓴다면 첫 문장이 이렇지 않을까. 내가 괜한 말을 해 갖고 분위기만 음침해졌다. '우리'란 말 안에서도 나와 찬효는 각자 따로 혼자였다. 찬효와 양팔 간격을 두고 벽에 붙어 섰다.

"오늘은 폰 갖고 다녀도 된다고 했으니까 담임쌤한테 톡이라도……."

찬효가 쭈뼛거리며 건네는 제안에 나는 고개를 저었다. 중학생이나 돼 갖고 길 잃었다고 담임한테 카톡을 해? 창피하다. '담임쌤한테 톡이라도'에서 '담임쌤' 대신 친구 이름이 들어가야 마땅했다. 이를테면 현서 같은. 웃을 때마다 건강 물개 박수를 치는 아이. 체육 시간에 몇 마디 나눠 봤는데 재미있고 친절했다.

어떤 아주머니가 벽화인 척하는 우리를 힐끔거리며 지나갔다. 나는 벽에서 떨어져 나와 황급히 그림을 감상하다가 뭔가 발견했다.

"이것 좀 봐. 수학 닮지 않았어?"

찬효도 벽에서 물러나더니 내가 가리키는 지점을 봤다.

"아, 홍강주 쌤!"

우리는 두어 발짝 더 뒤로 가서 닮은꼴이 또 없나 살폈지만 실패. 현실에서 2반 애들이나 찾아보기로 하고 옆 골목길로 갔다. 텅. 다시 옆 골목, 텅. 계속 걷다 보니 다리가 아팠다. 무지개 색으로 칠한 우체통 옆에 벤치가 있어서 거기 앉았다. 나는 이쪽 끝, 찬효는 저쪽 끝. '훗날의 나에게 엽서를 써 보세요. 반년 뒤에 집으로 보내 드립니다'라고 쓰인 아크릴 상자 속에 빈 엽서가 수북하다. 우체통에는 '안녕 우체통'이라는 이름표가 붙어 있다.

"안녕 우체통이래."

끈질기게 킥킥거리자 찬효도 입술이 씰룩거린다. 내가 상자에서 엽서를 꺼내느라 분주하게 굴지 않았다면 찬효 걔, 소리 내어 웃었을지도 모른다. 우리는 가방에 대고 쓴 엽서를 안녕 우체통에 넣었다.

"목마른데 아아 마실래?"

나는 테이크아웃 아메리카노를 할인한다는 카페를 턱짓으로 가리켰다. 찬효의 흔들리는 눈동자. 해석: 부모님이 커피 마시지 말라고 했음. 이에 꿈틀거리는 나의 눈썹. 해석: 안 볼 때 마시면 되고 지금이 딱 그때임. "내가 사 올게" 하자 찬효는 "아, 아니야. 내가 갔다 올게" 하며 일어났다. 해석: 나도 아아 테이크아웃 같은 거 해 보고 싶음.

찬효가 커피를 사러 간 사이, 나는 공중화장실이 있는 옆 골목으로 갔다. 화장실 건물 벽에 그려진 그림을 살펴보는데 누군가 "최은율?" 하고 불렀다. 고개를 돌리니 한낮의 거짓말처럼, 벽화에서 튀어나온 그림처럼, 담임쌤 대신 친구 이름으로 채워진 빈칸처럼, 우리 반 현서가 서 있었다. 연두색 안경을 쓰고 손을 흔드는 현서.

"저기서 보니까 너인 거 같아서 와 봤어."

"아, 그랬어?"

우물쭈물하며 중얼거렸지만 하고 싶은 말은 따로 있었다. 현서야, 나를 발견해 줘서 고마워.

그러고서 내가 어떻게 했느냐면, 현서와 함께 반 애들이 있는 데로 갔다. 화장실도 잊고서, 아이를 사러 간 찬효도 잊고서. 얼음 가득한 커피두 잔을 사서 벤치로 돌아온 찬효는 나를 얼마나 기다렸을까? 집에 돌아갈 때쯤, 담임쌤은 찬효가 없다는 사실을 알아차리고 전화를 걸었다. 가방을 메고 터덜거리며 걸어오는 찬효를 보자 그제야 가슴이 뜨끔했다. 하지만 나는 영혼끼리 찰싹 달라붙은 현서와 이야기를 나누느라 찬효한테기울일 관심이 바닥난 상태였다. 반 애들도 자기들끼리 소란스러울 뿐 찬효가 사라졌다가 나타난 줄도 몰랐다.

며칠 뒤 국어 시간에는 벽화 마을에 다녀온 소감을 썼다. 공책에 붙여놓은 그 활동지 말이다. 선생님은 각 모둠별로 소감문을 하나씩 뽑아서다른 모둠과 돌려 보게 했다. 우리 모둠에서는 내 글이 뽑혔다. 내가 제일 열심히 썼으니까. 그날 현서 덕분에 얼마나 즐거웠는지 옆 모둠 현서에게 알려 주고 싶었다. 찬효와 현서는 같은 모둠이었다. 내 글을 읽을 때현서는 눈이 작아지도록 환하게 웃었는데 찬효가 어떤 표정이었는지는모르겠다.

그렇지만 지금 내 표정은 내가 잘 안다. 벽 거울에 비친 나, 활동지를든 나, 창백하고 파리하다. 나에게도 잘 맞고 잘 통하는 친구가 생겼다는기쁨에 들떠서 쓴 글이지만 다시 읽어 보니 찬효에게는 악몽이었을 것 같다. 자기가 나를 기다리는 동안 나는 현서와 만나 다른 건 다 잊었다고뒤늦게, 친절히도 알려 주다니. 쉬는 시간에만 말을 걸고 종례 끝나면 모르는 척하는 차세용과 뭐가 달라? 나는 찬효가 커피를 사러 간 사이 내가 말도 없이 사라졌다는 내용은 넣지도 않았다. 벽화 마을에서 길을 잃고 헤매다가 현서와 마주쳐 신기했다고만 썼다. 그 발표 뒤로 현서와 나는 더 친해졌다.

어떤 사람에게는 좋은 기억이 다른 사람에게는 나쁜 기억으로 남기도 한다. 나는 좋은 기억을 챙기느라 찬효에게 나쁜 기억을 떠넘겼다. 어떻게 그럴 수가 있었을까. 흠집 난 폰에 새 케이스를 씌우듯이 찜찜한 기억을 산뜻한 기억으로 슬그머니 덮고는 나를 속여 왔는지도 모른다. 이제야 내 행동을 찬효의 시선으로도 보게 된다.

내가 찬효라도 나랑은 같은 반 되기 싫겠다. 찬효가 점셋이든 아니든 말이다.

이 계절엔 핫초코

벽화 마을에 도착하자 약속 시간까지는 12분 남았다. 벤치에 앉은 지 1분도 지나지 않아 추워지기 시작했는데 2분도 지나지 않아 찬효가 왔다. 귀퉁이 칠이 조금 더 벗겨진 안녕 우체통이 벤치 양쪽 끝에 앉은 우리를 지켜본다.

"이거……" 하면서 말문을 연 쪽은 찬효였다. 가방에서 얇은 목도리를 꺼내어 내민다. 그러고 보니 나는 온몸을 떨고 있다. 고맙다고 웅얼거리며 목도리를 펼쳐서 다리를 덮었다. 내가 뭘 잘했다고 이런 걸 빌려 쓰나 싶으면서도 반가운 온기.

"이거……" 하면서 나도 뭔가 가방에서 꺼냈다. 며칠간 보고 또 보느라 구깃구깃해진 소감문 활동지다.

"미안해. 내 생각만 하느라 네 기분 같은 건 생각도 안 했어. 그때 그렇게 말도 없이 가 버려서 미안해."

나는 찬효를 보면서 말했다. 준비해 온 사과는 더 자세하고 그럴듯했는데 찬효 얼굴을 보니 이 정도밖에는 나오지 않았다. 다른 말은 번들거리고 두꺼운 껍데기나 포장지 같았다.

"……나도 미안해. 곤란하게 해서."

찬효의 말에 내 심장 박동이 빨라졌다.

"원래는 '나와의 채팅'에 올리려던 건데, 실수였어. 거기가 내 일기장이거든."

아, 역시 찬효였구나.

퍼즐 조각의 날카로운 옆면에 손가락을 베인 느낌. 그런데 손가락에 핏방울이 맺힌 사람은 찬효다. 완성 직전의 그림에 마지막 한 조각을 끼워 넣으라며 찬효를 닦달했다는 기분. 빈속으로 오래 걸었을 때처럼 어질어질하면서 손끝이 차가워졌다. 떨리는 손을 목도리 밑에 넣는다.

"어쩌면 완전 실수는 아니었을지도 몰라. 첫 문장 쓰고서 느낌이 좀 이상했는데 확인 안 하고 그냥 썼으니까."

지난 4월 초, 나와 찬효가 대열에서 빠져 뒤처졌을 때 '우연히'와 '일부러'의 경계선은 어디쯤이었을까. 누군가 우리를 발견해 주기를 바라는 우리 마음은 몇 퍼센트나 일치했을까. 그때 어쩌면 우리는 서로를 발견한 것 아니었을까, 생각하니 커다란 손이 심장을 꾸욱 누른 듯 아팠다.

"근데 나 계속 말해도 돼? 이런 얘기를 해도 되는지 모르겠어서."

"그, 그럼! 내가 기억해 내면 말해 준다고 했잖아."

나는 앞머리가 들썩이도록 고개를 열렬히 끄덕였다. 찌르르한 심장이 덜그럭거린다.

"그날 여기서 한참 기다렸는데 담임쌤 전화 받고 가니까 넌 현서랑 있더라. 나중에 소감문 보고서 어떻게 된 일인지 알았지만 그러고도 한동안 또 기다렸어. 네가 나한테 와서 무슨 말이라도 해 주지 않을까 하고……."

그랬구나. 나는 미안한 마음에 고개를 숙였다.

"좀 지나니까 그렇게까지 큰 일은 아닌 거 같다는 생각이 들어서 그냥 없던 일로 하자 싶었어. 그런데 2학기 되고 나서 이상하게 화가 더 나는 거야. 너랑 같은 반에 있기도 싫고, 막."

"2학기……?"

"응. 나도 내가 왜 그러는지 모르겠고 이상했는데 어느 날 버스 탔더니 나랑 똑같은 옷 입은 사람이 앞에 와서 서는 거야. 하필 그날 옷도 후줄근하게 입었는데. 너도 혹시 그런 적 있어?"

"아…… 있어! 지하철에서. 뻘쭘해서 눈치 보다가 다른 칸으로 갔어."

"생각해 보니까 현서 전학 간 다음부터 널 보면 그런 기분이 들었던 거 같아. 너랑 나랑 같은 옷을 입고 있는 기분. 안 봤으면 좋겠고, 피하고 싶고."

무슨 뜻인지 몰라서 손가락에 목도리만 휘감고 있으니 찬효가 설명해 줬다.

"네가 갑자기 나랑 똑같은 옷을 입고 나타난 느낌이었어. '친구 없음' 적힌 티셔츠 같은 거 말이야. 너 현서 없으니까 세상 무너진 표정이었잖아. 다른 애들은 널 보면서 오버한다고 생각했을 수도 있지만 난 그 기분을……."

찬효는 머뭇거리다가 입을 다물었지만 나는 '알고 있어' 하고 그 뒤에 이어지는 말을 들은 것만 같았다. 빗방울이 운동장의 바싹 마른 모래에 스며들듯 찬효의 말이 이해되었다. 마음에 안 드는 옷을 입고서 우울해하고 있는데 똑같은 옷을 입은 사람이 나타난다면? 나도 그 사람을 피하고 싶었을 거다. 꼭 거울 보는 느낌이 들 테니까. 거울 속에는 내가 싫어하는 내 모습이 있다. 나 자신을 싫어하는 감정, 그것만큼 독하고 강렬한 미움도 없다.

"솔직히 너 보면 엄살 같을 때도 있었어. 진짜 혼자라는 게 뭔지 알까 싶었거든. 현서가 전학 갔지만 너한테는 옆 반 호수도 있고, 우리 반에서도 애들하고 대강 말은 하고 지냈잖아."

단짝 동욱이가 전학 가고 나서 찬효가 어떤 심정이었고 표정은 어땠는지 나는 관심도 없었다. 꽤 오래전부터 찬효는 혼자였을 텐데, 쭉 외톨이처럼 그런 기분이었을 텐데, 복도나 운동상에서 종종 나랑 마주쳤을 텐데. 현서가 전학 가고 나서 나도 찬효와 똑같은 표정으로 밥을 먹고 손을 씻고 창밖을 내다봤을 것이다. 내가 그러는 줄도 모르고, 찬효가 지켜보는 줄도 모르고. 하지만 난 그럴 수밖에 없었다. 현서는 빵 속에 든 크림처럼 맘에 쏙 드는 친구였단 말이다. 그와 동시에, 크림을 감싼 빵 같은 존재이기도 했다. 내 안에 숨은 달콤한 크림 같은 장점이 사라지지 않게 감싸 주는 포근함. 동욱이는 찬효에게 어떤 친구였고 찬효는 동욱이에게 어떤 의미였는지 궁금해졌다.

"이제는 너랑 같은 반 되는 거, 안 싫어. 넌 나랑 다른데 내가 말도 안 되는 비교를 한 거 같아."

"너랑 나랑 뭐가 다른데?"

"너한텐 다른 친구들이 생겼으니까……. 이제 나랑은 다르지. 넌 마음에 드는 옷을 찾았잖아. 그래, 너라도 달라져서 다행이야."

소미 손가락에 박혀 있던 쇳조각이 떠올랐다. 언니와 자신을 비교하며 아파하던 소미. 지금은 내가 찬효에게 그런 쇳조각이다. 거슬리는 쇳조각은 싫은데, 차라리 그걸 빼는 옷핀이 되고 싶은데.

"나, 입고 있던 옷 위에 그냥 한 겹 더 입은 거야. 자세히 보면 안쪽은 너랑 비슷해."

"……나한테도 그런 옷이 있을까? 한 겹 더 입고 그러는 거."

찬효의 말에, 나는 목도리를 걷어서 내밀었다. 찬효가 목도리를 받아 목에 둘렀다.

"고마워."

"원래 네 건데, 뭐."

"그래도……."

말하느라 에너지를 방출해서 그런지 쌀쌀한 바람도 견딜 만해졌다. 후, 숨을 내쉬자 얄따란 입김이 공중으로 흩어졌다. 올가을 첫 입김인가? 두 손을 겉옷 주머니에 넣었다. 목도리든 뭐든 겉에 두르고 지내다 보면 언젠가 안쪽에 입은 옷을 바꿔 입을 날이 올지도 모른다고 생각하면서.

"나 뭐 하나 물어봐도 돼?"

"응."

"저기, 동욱이하곤 연락하고 지내? 난 현서한테 너무 자주 연락 안 하려고 막 노력하고 그러거든. 자꾸 징징대는 거 같아서."

그러자 찬효가 가방을 열더니 공룡 열쇠고리를 떼어서 보여 줬다.

"트리케라톱스야. 동욱이가 아끼던 거."

맞아, 동욱이가 갖고 다니던 열쇠고리! 망각의 일인자가 기억 천재로 거

듭나려는지 동욱이가 공룡 덕후였다는 것이 생각났다. 티셔츠도 공룡, 운동화도 공룡, 그런 애였다. 열쇠고리는 작별 선물이었을까? 전학 가는 현서에게 내가 준 핑크색 틴트처럼. 오늘은 현서가 그 틴트를 발랐는지 확인해 보고 싶지만 일요일 밤의 떡라면을 참는 심정으로 폰을 외면한 지한 시간째다.

"동욱이가 흘린 걸 주웠는데 안 돌려줬어. 나도 이런 거 하나쯤은 필요해서⋯⋯. 동욱이 이사 가면 다시는 못 볼 거 같았거든."

그 예감이 진짜였느냐고 물어볼 수는 없었다.

"네 운동화에 누가 레고 넣었던 일 있잖아. 생각해 보니까 그거 나였어."

"레고? 아⋯⋯! 난 동욱이가 그런 줄 알았는데. 어쩐지 자기는 절대 아니라고 하더라."

찬효의 입가에 웃음이 떠올랐다. 절친과 주고받은 장난을 책장 넘기듯 넘겨 보는 듯했다. 동욱이도 짓궂은 편이었지만 차세용처럼 다른 애들을 난처하게 할 정도는 아니었던 것 같다. 그때는 찬효도 항상 웃는 얼굴을 하고 다녔다. 새별중 1학년 1학기, 현서와 함께하던 나처럼.

나는 찬효에게 활동지보다 더 꼬깃거리는 엽서를 보여 줬다. 지난 4월에 안녕 우체통에 넣은 엽서. 제때 챙기지 않은 고지서에 덮여 우리 집 우편함 틈새에 끼어 있는 걸 찾았다. 내용부터 말투까지 치명적으로 오글거리지만 죗값을 치르는 심정으로 창피함을 무릅쓴다.

미래의 은율이에게.

안녕? 나는 과거의 최은율이야.

이거 쓰면 반년 뒤에 너한테 보내 준대.

지금 난 길 잃고 헤매는 중.

넌 어때?

이 엽서를 받을 때쯤이면 친구들이랑 잘 지내고 있겠지?

그러면 좋겠다. 아니, 그럴 거야. 이건 예언임!

잘 지내길 바라면서,

과거의 은율이가.

"예언이 이루어졌네."

찬효가 엽서를 읽고는 말했다.

나는 찬효 말이 참일까 따져 보았다. 그러고는 볼펜으로 엽서 여백에 한 줄을 더 적었다.

예언 추가: 너는 이찬효와 아아를 마실 것이다!

찬효가 짧지만 분명한 소리를 내어 웃었다. 나는 그 웃음소리에 용기를 내어 물었다.

"아아 마실래?"

"음…… 아니."

가슴이 꽈광 내려앉았다. 동해 먼바다로 영혼이 빠져나가려는데 찬효가 손을 내저으며 멀리 가려는 넋을 붙잡는다.

"아아 말고 따뜻한 걸로 마시자."

"날씨가 춥긴 춥지. 그럼 뜨아로 할까?"

영혼의 뒤통수를 잡아 준 찬효에게 고마움을 담아 내 딴에는 가장 선량한 미소를 지어 보인다.

"난 핫초코 마실게. 저번에 커피 두 잔 혼자 다 마시고서 이틀 동안 잠도 못 잤어. 심장이 진짜 너무 뛰어 갖고."

찬효가 창피해하는 표정으로 한 고백에 나는 웃지 않으려고 입술 안쪽을 깨물었다. 분위기 좀 풀렸다고 대놓고 소리 내서 웃고 그러면 못써.

핫초코 둘로 정해졌는데 누가 사러 가지. 같이 가는 건 생크림 없는 핫초코에 떡꼬치처럼 어색한데. 서로 눈치만 살피다가 "내가 사 올게" 하고 동시에 말했다. 하지만 난 앉아서, 찬효는 일어나서 말했으니 찬효 당첨. 저번 카페가 문을 닫아서 옆 골목길로 가야 한다.

벤치에 남아 10분쯤 지나자 불안해졌다.

찬효는 안 올지도 몰라. 집에 가 버려도 난 할 말 없잖아. 왜 여기로 돌아오지 않았는지 며칠 뒤 국어 시간에 알게 되어도 어쩔 수 없는 일이야.

컵 속에서 부딪히는 얼음처럼 와드득와드득 떨리는 마음. 폰 액정에 얼굴을 비춰 보니 울상이다. 왜 이렇게 늦는지, 무슨 일 있는지 묻는 메시지를 보낼 수는 없다. 찬효도 그때 나한테 못 그랬으니까.

또 시간이 흐르고, 발걸음 소리.

모퉁이에 찬효가 나타난다.

방금 전에 추가한 예언은 실현되었다고 봐야 할까? 아이가 아니라 핫초코인데 말이다. 어쨌거나 이런 날씨에는 누가 뭐래도 핫초코.

찬효가 모퉁이를 돌아 벤치로 왔을 때, 나는 환한 웃음과 저린 웃음 사이에 앉은 채로 거기 있었다.

☆ 나와 3모둠의 용의자들은 자신을 남과 비교하기도 했고 남과 비교 당하기도 했다. 그런 사람이 우리만은 아니겠지. 1학년 2반에, 새별 중에, 자목련동에, 온 세상에 많고도 많을 거다. 왜 우리는 나와 비슷한 사람에게 끌리면서도 똑같은 이유로 누군가를 멀리하기도 하는 걸까. 그건 나 자신을 미워하는 마음이 비교와 자학을 부추기기 때문인 것 같다. 비슷한 사람끼리 모여 서로서로 추위와 바람을 막아주면 좋겠다.

마지막 일지, 끝.

5번 홍다희:
가지 마

마지막 남은 그림의 땅

초인종이 울렸다. 오래된 아파트라 비디오폰도 없지만 볼 것도 없이 다희다. 3분 전에 불고기 피자가 도착했으니 적절한 타이밍.

"엄마, 다희 왔어!"

작업실에 대고 외쳤다. 피자 먹을 준비를 하시라는 뜻.

현관문을 열자 다희 말고 다른 사람도 있었다. 순간, 다희가 납치라도 당한 줄 알았다. 양옆으로 웬 아저씨와 아주머니가 다희를 붙잡고 서 있었기 때문이다.

"네가 은율이니?"

아주머니.

"어머니 좀 뵈러 왔는데."

아저씨.

"은율아, 미안해……."

다희.

"피클 두 개 추가했지?"

엄마.

피클 두 개는 물론이고 어른 두 명 추가다.

다희와 불고기 피자를 반기러 나온 엄마는 낯선 사람을 보고는 멈칫했다. 아주머니와 아저씨도 엄마를 보더니 흠칫. 똥머리에 꽂은 내블럿 펜, 색과 무늬가 현란한 집구석용 원피스, 개기름이 번쩍이는 얼굴은 가벼운 충격을 주기에 충분했다.

"저희는 다희 부모 되는 사람인데요, 불쑥 찾아와서 죄송하지만 드릴 말씀이 있어서요."

"그러시군요. 반갑습니다. 들어오세요."

아저씨와 아주머니는 새초롬한 표정으로 신발을 벗었다.

"문자 보냈는데……."

옆으로 다가가자 다희가 작은 목소리로 말했다.

나는 주머니에서 폰을 꺼내 확인했다. '엄마 아빠가 같이 간대. 문 열지 말고 없는 척해 줘.' 집에 없는 척하기, 다희가 부탁할 수 있는 최대한의 거짓말이었다.

"이 집에 다희 책상이 있다면서요?"

"아, 네. 제 작업실에 있어요."

엄마는 두 분과 함께 작업실로 갔다.

나는 "조마조마했는데 결국……" 하며 울먹거리는 다희를 부엌으로 데려갔다. 식탁 앞에 앉히고 미지근한 물을 따라 준다. 입이 말라서 나도 한 잔 마시고.

"저희가 내다 버린 책상이 왜 여기 와 있죠?"

"애가 공중에 붕 떠서는 딴 데 정신이 팔린 눈치라 캐물었더니 글쎄, 이 책상 얘기가 나오는 거예요."

"일주일에 두 번이나 와서 그림을 그렸다면서요?"

"엄연히 부모가 있는데 한마디 상의도 없이 이러시면 곤란하죠. 우리 애는 공부를 해야 되는 애라고요."

"들어 보니 작가님이시라던데 작가면 작가답게, 어른이면 어른답게, 격에 맞게 행동하셔야죠."

"겨우 마음잡게 해 놨더니 이렇게 헛바람을 불어넣으면 어떡합니까."

아주머니와 아저씨는 착착 맞물려 돌아가는 톱니바퀴처럼 맹공을 퍼부었다.

다희는 성난 목소리가 날아들 때마다 어깨를 떨었나. 말로만 듣던 다희의 부모님을 실제로 보니 다희가 왜 그렇게 우리 집을 들킬까 봐 불안해했는지 알 듯도.

"상의를 못 드린 건 죄송한데요, 저도 자식 둔 부모라서 다희의 간절함을 모르는 척할 수가 없었어요."

"책 펴고 앉아서 공부만 하면 되는 애가 간절하긴 뭐가 간절해요?"

"다희가 원하는 게 그것뿐일지 한번 생각을 해 보시면……."

"누가 보면 우리 애를 입양이라도 하신 줄 알겠어요. 다희 부모는 저희예요!"

"여보, 당신 흥분하면 혈압 올라서 위험해요. 앉아서 얘기합시다."

두 분은 엄마보다 앞서서 거실로 나오더니 소파에 앉았다.

엄마는 물을 가지러 부엌에 왔다가 바들거리는 다희를 보고 미안하구나, 하는 눈빛을 보냈다. 고개를 숙이고 눈물만 떨구는 다희. 나는 다희의 손을 잡았다.

"책상은 이참에 확실히 처리할 거고요, 다희는 댁에 못 오게 할게요. 그동안 폐 많이 끼쳤습니다."

"아이의 미래를 위해서니까 협조 부탁드려요."

아저씨와 아주머니가 말할 때마다 다희는 산 채로 죽어 갔다. 그림 책상이 없어진다. 작업실에서 다희의 자리도 없어진다. 그림 그리는 다희가 사라진다는 뜻이었다. 그림 책상은 다희에게 마지막 남은 그림의 땅이니까. 그림을 잃은 다희의 마음이 얼마나 어둡고 슬플지 나는…… 상상하기도 힘들었다.

"제가 보니까 다희는 재능은 물론이고 세상을 보는 시선에 깊이가 있어요. 이쯤에서 다희 의견도 들어 보면 어떨……."

"아, 그럴 필요 없다니까요!"

"저희 애는 저희가 알아서 합니다!"

다희의 부모님이 엄마 말을 막더니 자리를 차고 일어났다. 나도, 다희도, 엄마도 일어났다.

"잠깐만요!"

엄마가 두 팔을 들더니 외쳤다.

"내년 초에 제 그림책이 나오게 됐어요. 글, 그림 진! 세! 란!"

뭐지, 이 뜬금없는 선언은? 어안이 벙벙해졌다. 그림은 당연하지만 글까지 진세란? 난 처음 듣는 얘기였지만 다희는 아는 눈치였다. 저번에 본 그림, 엄마만의 책에 들어갈 작품이라서 평소와는 달랐나.

"아 그래요? 그건 뭐 추, 축하합니다."

"그런데 그게 저희 애랑 무슨 상관이……?"

뜻밖의 전개에 다희 부모님도 당황.

"상관있죠. 책에 다희의 그림을 싣고 싶거든요."

나는 진실 판독기처럼 다희를 봤고, 다희는 이것도 아는 얘기라는 얼굴. 꺼져 가던 눈빛이 안간힘을 다해 되살아난다.

"출판사와 논의해서 적절한 대가를 지불하고, 당연한 얘기지만 다희 이름도 넣을 거예요. 다희는 동의했고, 부모님이 허락만 해 주신다면……."

"어머, 안 돼요!"

"안 된다고 했습니다!"

"다희야, 가자."

"오늘이 마지막이니까 은율이 어머님께 인사드리고."

다희가 혁, 하고 숨을 내쉬더니 다음 숨을 참있다. 1초, 2초, 3초, 4초, 5초…… 나는 다희가 죽었다고 생각했다. 두 눈을 감고 두 주먹을 쥔 다희는 죽은 그림처럼 보였다.

"어서 가자니까!"

부모님의 재촉에 다희가 한 걸음을 내디뎠다.

"다희야, 가지 마."

내가 속삭였다. 가지 마. 지금 가면 다시는 못 오잖아. 가지 마.

"엄마, 아빠."

다희가 입을 열었다.

"전 그림 그리고 싶어요. 책에 그림 실리는 거 생각만 해도 너무너무 좋아서 잠도 안 오고 가슴이 막 뛰어요."

"한창 공부를 해야 할 애가 딴 데 정신이 팔려 있으니. 너 그러다가 성적 떨어지는 거 시간문제야."

"자꾸 그림 못 그리게 하면 저는요……!"

"너는 뭐? 뭐!"

"대학 안 갈 거예요. 절대 안 가요. 절대로."

아주머니가 손으로 입을 가렸고 아저씨는 휘청거렸다. 폭탄선언 명중.

다희에게 박수를 쳐 주고 싶었다. 조용히 콧구멍만 빌름거리는 엄마도 나와 같은 심정인 듯했다. 다희는 정말이지, 내 가슴이 자랑스러움으로 벅차오를 만큼 강하고 용감했다.

엘라의 비밀

엘라와 나는 따뜻한 밀크티를 시켰다. 저무는 해의 머리카락이 커다란 유리로 스며들었다. 밀크티를 식히려고 후우, 입김을 불자 물결이 일었다.

엘라가 학교 끝나고 얘기 좀 하자고 했을 때, 올 것이 왔다는 생각이 들었다. 약속한 적은 없지만 엘라와 나 사이에는 나누어야 할 이야기가 있었다. 민준이 말대로 엘라의 주변에는 안개처럼 아리송한 슬픔이 맴돌았다. 이제는 내 눈에도 그 희뿌연 안개가 보였다.

"우리 언니도 밀크티 좋아했는데. 헛바닥이 아릴 정도로 달게 먹었어."

엘라가 말했다.

"이젠 취향이 변했대?"

"그건 아닐 것 같은데 잘 모르겠네."

"집에 가서 물어봐."

"요즘은 천국에서도 카톡이 되나?"

엘라의 말에, 나는 밀크티가 식도록 식은땀만 흘리다가 중얼거렸다.

"미안해. 몰랐어."

"내가 말을 안 한 거잖아. 호수 빼고는 아무도 몰라."

유리창에 비친 내 표정이 울적하다. 언니를 잃은 엘라의 슬픔이 노을처럼 스며들어서일까. 엘라의 언니는 왜 그렇게 서둘러 가 버렸는지. 시럽을 듬뿍 넣은 밀크티도 놔두고서.

"2년 전에, 교통사고였어. 병원에 도착하기도 전에 떠났어."

엘라가 내 마음을 읽은 듯 말했다. 우리 둘의 마음은 지금, 홍차 속의 우유처럼 서로에게 녹아들어 있다.

"언니 방을 몇 달 전에야 정리했어. 엄마가 그 방을 쓰기로 했거든. 우리 엄마 아빠, 이혼할 뻔했다? 너무 슬프면 사이가 멀어지기도 하나 봐."

호수 부모님도 방을 따로 쓰신다고 들었다. 멀어진 두 분 사이는 호수에게 슬픔이 되었다. 그리고 그 슬픔은, 엘라의 슬픔으로 건너가는 다리가 되지 않았을까.

"언니 방에서 다이어리를 찾았는데 버킷 리스트가 있는 거야. 사고 당하기 며칠 전부터 쓰기 시작한 거라 소원은 딱 두 가지였어. 뭐였을 거 같아? 하나는 너도 맞힐 수 있을걸. 생각해 봐."

나는 생각했다. 그리고 잊어버린 준비물을 교문 앞에서 화들짝 떠올리듯 답을 찾았다.

"스케이트보드?"

"정답!"

엘라는 계산대로 가더니 쿠키를 한 봉지 사 왔다. 밀크티에 적셔 먹는 쿠키는 달콤하고 부드러웠다.

"나라도 언니 소원을 대신 이뤄 줘야 하는 거 아닌가, 하는 생각이 들었어. 1번 소원이 스케이트보드 배우기여서 호수한테 부탁한 거야. 보드 타고 다니는 걸 몇 번 봤거든."

"그럼 굳이 나는 왜 거친 거야? 호수한테 직접 말해도 됐잖아."

"그때 말했는데? 무작정 들이대면 호수기 놀릴지도 모른다고."

엘라가 눈을 깜빡이면서 말했다. 기다란 속눈썹이 움직일 때마다 얼굴에 가느다란 그림자가 졌다.

"근데 너랑 호수, 학교에서는 모르는 척하는데 교문만 벗어나면 완전 방심하더라?"

어딘가 따끔하다 싶었는데 거기가 바로 정곡이란 데였다.

"둘이 같이 다니는 거 자주 봤어. 내가 보기보다 남들한테 관심이 많아서 그런 거 은근 잘 발견해. 언니한테 너무 무심했다는 생각이 들어서 다른 사람들한테는 그러지 말자고 다짐했거든."

"사실 난, 너랑 호수가 사귀는 줄 알았어."

"호수는 내 스타일 아니야. 나도 호수 스타일 아니고."

그러더니 엘라는 초콜릿 알갱이가 박힌 쿠키를 와삭, 베어 먹었다. 그 경쾌한 소리를 들으니 마음이 조금은 편해졌다. 엘라는 언니를 잃었지만 앞으로도 쿠키를 와삭 베어 먹으며 살아가겠구나, 안심이 된다.

나는 엘라의 시선이 가닿은 곳을 보았다. 길을 걸어가는 사람들. 바쁘고 무표정한 사람들. 3모둠 용의자들을 탐문하는 직시가 아니라 궁금증과 억울함을 묻어 두는 무시를 택했다면 어땠을까. 나도 저렇게 무심한 얼굴로 다른 사람들을 스치고 지나쳐 갔을까? 3모둠 아이들을 한 명씩 알아 가면서 옆을 둘러보게 되었고, 그 옆에는 엘라도 있었다. 엘라가 살짝 열어 준 창문 틈으로 들여다보는 슬픔. 예전 같으면 우리는 잘 맞지 않는다고, 서로를 무시할 이유가 충분하다고 단정 지었을 것이다. 이제는 안다. 우리는 서로 싫어하지 않는다. 어쩌면 좋아한다. 좋아지기 시작했다. 누군가 나를 싫어한다는 생각은 주변 사람과 그 속의 나를 살펴보는 기회가 되었다.

"보드는 탈 만해?"

"재미있어. 1차 목표는 팝샤빗이야. 되긴 되는데 아직 어설퍼 갖고. 완성하면 보여 줄게."

우리는 남은 쿠키 하나를 반으로 나누어 먹었다.

카페를 나오자 땅바닥에 엘라와 나의 그림자가 어른거린다. 낯이 익다 싶었는데 호수의 프사에서 본 그림자다.

나는 걸음을 멈추었다.

그 그림자의 주인은, 엘라가 아니라 나였다.

이제 괜찮은 거지?

아파트 앞 버스 정류장. 호수와 자주 마주치는 곳이다. 자세히 보니 호수의 프사 속 장소도 여기다. 가로등 불빛에 길게 늘어지는 내 그림자를 프사와 비교해 보았다. 머리 묶은 방법, 머리 길이, 가방 모양, 옆얼굴의 윤곽……. 몇 번을 비교해도 내가 맞다. 어떻게 이걸 몰랐지?

찬효에게 '왜냐하면…' 뒤에 이어지는 말을 들었을 때처럼 혼란스러웠다. 날숨에는 땅으로 꺼지는 기분인데 들숨에는 공중으로 붕붕 떠올라 날아다니는 느낌. 호수의 마음은 뭘까. 내 마음은 또 뭐고? 모르겠다. 나는 아무것도 모른다. 레고 조각을 초록색 판에 꽂으면서도 어느 것이 창문이고 어느 것이 벽인지 모르는 사람처럼.

문득, 호수가 놀랄지 몰라 내 도움을 받고 싶다고 한 엘라의 말이 진짜인지 궁금해졌다. 혹시 버킷 리스트 2번이 '안 되는 커플 이어 주기' 뭐 그런 거 아니었을까 하는 생각을 시작도 안 했는데 얼굴이 뜨거워졌다. 커플? 호수랑 내가? 하이! 말도 안 되는 조합으로 지구 1위를 뽑자면 호수와 내가 엘라와 호수를 근소한 차이로 이길 자신이 있다. 안 그래도 그림자 때문에 머리가 복잡한데 그냥 엘라 말을 믿자. 보드를 배워야겠다고 결심하자 호수가 떠올랐고, 그다음에는 호수 옆집에 사는 내가 딸려 온 거다. 새 치마를 샀는데 옷장 속에서 딱 어울리는 블라우스를 찾았을 때처럼 말이다.

울렁거리는 속으로 아파트를 향해 걸어갔다. 엘리베이터를 타고 15층에서 내린다. 복도가 시끄럽다. 낯선 사람들이 1502호 앞에 서서 떠든다.

"요 평수가 제일 인기 많은 거 아시죠. 남향이라 채광도 좋아요. 그뿐이에요? 집주인이 인테리어 하는 분이라 문짝부터 몰딩까지 싹 다 고쳐 놨다니까요."

"고쳤다고 해도 워낙 오래된 아파트라 괜찮을지 모르겠어요."

"뼈대가 튼실한 집이라 문제없어요. 들어가서 둘러보시면 반하실걸요."

모르는 아주머니가 호수네 집 도어록의 덮개를 밀어 올리더니 비밀번호를 입력했다.

"저기요, 누구세요?"

아주머니에게 다가가 물었다.

"그러는 학생은 누군데?"

"저는 1501호 사는데요, 여기 제 친구네 집인데 지금 아무도 없을 시간이거든요. 그런데 문 열고 들어가시려고 해서……."

"학생, 1502호에서 집 내놓고 비번도 알려 줬으니까 괜한 걱정 말아요. 집만 보여 주고 갈 거야."

이모네 반찬 가게로 전화를 걸었지만 받지 않는다. 호수에게 '어디야? 너희 집 이사 가?' 메시지를 보냈지만 읽지 않는다. 복도를 초조하게 거니는데 우르르 들어갔던 사람들이 우당탕 나오더니 문을 쾅 닫고 엘리베이터 버튼을 콱 눌렀다.

"어때요, 사모님? 상태 좋고 평수 좋고 살기 딱 좋겠죠?"

"생각보단 괜찮네요."

"급매라 가격까지 좋으니 이게 대체 일석몇조예요? 오늘 계약 안 하시면 내일 아침에 딴 사람이 채 가도 할 말 없는 집이라니까요."

시끄러운 사람들이 떠나자 복도가 조용해졌다. 멍하니 서서 1502호를 바라보았다. 우리 집이 8년 전 이사를 왔을 때부터 1502호는 호수네 집이었고, 내 기억 속 이웃은 호수네 가족뿐이다. 현관문도 쾅쾅 닫고 엘리베이터 버튼도 콱콱 누르는 사람들이 옆집 이웃이 된다면? 이 계단도 소란스러워지겠지. 호수와 나의 공간은 사라지겠지.

계단에 앉은 채로 얼마나 지났을까. 엘리베이터 문이 열리더니 익숙한 발걸음 소리가 다가왔다.

"최은율, 뭐 하냐?"

"너네 집, 이사 가?"

제주도로?

"아, 갑자기 그렇게 됐어."

"결정하셨대?"

이모랑 아저씨, 이혼하시기로 한 거야?

"응, 어쩔 수가 없다면서."

"말도 안 돼."

"그래도 전학은……."

"안 가면 안 돼?"

"그러니까 안……."

"이모한테 가지 말자고 해 봐."

"내가 어디를 가는데?"

"부모님 이혼하면 넌 이모 따라서 제주도 간다고 했잖아. 너무 멀어. 현서도 멀리 가 버렸는데……."

"혜성빌라는 안 먼데."

"제주도 얘기 하고 있는데 무슨 소리야."

"아빠가 사 놓은 집에 문제가 생겨서 우리 집을 팔아야 한대. 이혼은 모르겠고 혜성빌라 전세로 갈 거래."

"방금 전에는 제주도 간다고 했잖아."

"그런 적 없는데. 전학 안 간다고 해도 가지 말라면서 운 건 너잖아."

내면의 목소리에만 집중하느라 호수가 하는 말을 흘려들었더니 이런 실수를. 혜성빌라, 1501호와 1502호 거리만큼 가깝지는 않지만 개나리아파트에서 도보 7분 컷.

"울긴 내가 언제!"

드라마를 너무 많이 봐서 감정이 넘쳐흐르나? 손등으로 눈가를 문질러 물기가 있는지 확인했다. 새로 뜯은 비누처럼 건조하다. 이게 정말! 오늘따라 생물 오징어처럼 보이는 호수를 째려보고 일어나서 우리 집 앞으로 이동.

"내가 가는 게 그렇게 싫었냐? 걱정 마, 안 갈게. 이 동네에서 늙어 죽도록 살지 뭐."

호수가 버터를 발라 구운 오징어처럼 느물댄다. 그 살인적인 느끼함에 뇌세포에까지 소름이 돋았다.

"가! 지구를 떠나 버려!"

손가락이 백 개인 사람처럼 다다다다 비밀번호를 누르는 그때.

"최은율."

됐어, 부르지 마. 너랑 안 놀아. 현관 문손잡이를 돌렸다.

"최은율!"

"아, 왜!"

나는 고개를 돌렸고, 웃었다. 눈을 동그랗게 뜬 귤이 사진이 귀여워서 호수에게 보내 준 적이 있는데, 호수가 폰으로 그 사진의 눈 부분만 확대한 다음 자기 눈에 대고 있었다. 놀란 고양이의 동그란 눈과 키득거리는 호수의 입.

"이제 괜찮은 거지?"

호수가 고양이로 추정되는 목소리를 흉내 내서 말했다.

폰으로 눈을 가린 호수에게 괴상한 표정을 지어 보인 다음 집으로 들어갔다. 그림자의 정체를 알아차렸다는 사실은 한동안, 어쩌면 오래도록, 나만 알고 있기로 했다. 느끼한 건 딱 질색이니까.

1502호에서, 마지막으로

이사 가기 며칠 전, 이모가 우리 집 식구들을 집으로 초대했다. 호수네가 옆집에 없다니, 1502호가 영영 사라져 버리기라도 하는 듯 쓸쓸했다. 엄마 아빠, 언니도 서운해하기는 마찬가지였다. 귤이까지 현관에 따라 나와 열렸다 닫히는 문틈으로 1502호를 보며 울었다.

이모는 식탁에 갈비찜과 잡채, 샐러드 세 종류에 동그랑땡까지 무슨 잔치 음식을 차려 놨다.

"이거 내가 다 부친 거야."

호수가 산더미처럼 쌓인 동그랑땡을 가리켰다. 얘 정수리에서 동그랑땡 냄새 나는 듯.

"차린 건 없지만, 아니, 많구나. 많으니까 많이들 드세요."

이모는 우주 최강 식혜까지 한 잔씩 따라 줬다.

"언니네가 이사를 간다니까 실감이 안 나고 너무 섭섭한 거 있죠."

"세란 씨도 참, 뭐 그런 걸로 속을 끓여. 나 멀리 안 가요. 엎어지면 코 닿을 텐데 놀러 오면 되지."

이모가 엄마를 다독이는데 아저씨가 말했다.

"제수씨, 다 제 잘못입니다."

두 눈에 눈물이 글썽글썽한다.

"형님……!"

아빠까지 코를 홀쩍홀쩍.

"내 욕심으로 일을 벌여 갖고 당신까지 고생시키고, 여보 미안해!"

아저씨가 공개 사과를 다 하고 웬일일까. 호수가 '왜 저래?' 하는 눈빛으로 나를 본다. 나는 '나도 모르지'라는 뜻으로 입을 오므렸다. 이모와 아저씨, 급 화해 분위기로 돌입해 버리는 건가.

"그러게 내가 그 집 사지 말랬지? 후회할 거라고 했지?"

"후회막심이야. 입이 억만 개라도 할 말이 없어."

아저씨는 팔꿈치를 식탁에 대고 고개를 수그렸다. 아저씨, 우는 건 아니죠?

"아 진짜 쪽팔리게."

호수가 투덜거리더니 젓가락을 들었다. 동그랑땡은 건드리기도 싫은지 지나치고 잡채를 앞접시에 덜어서 입에 쓸어 넣는다. 동그랑땡에 꿀을 섞었는지 꿀맛이어서 나는 세 개를 연달아 집어 먹었다.

"난 당신하고 호수한테 도움이 안 돼. 없는 게 나아."

식혜 한 잔에 취했는지 아저씨는 비련의 주인공 배역에 빠져 히우적댄다.

"드라마 찍어? 손님 초대해 놓고 분위기 망치지 말고 밥이나 먹자, 응?"

"밥 먹을 자격도 없어, 난. 보퉁이 하나 싸 들고 떠나면 그걸로 족해."

"보퉁이가 뭐야?"

호수가 옆에 앉은 나에게 물었다.

"몰라. 모퉁이 오탄가?"

"글자가 아니라 육성이잖아."

우리 대화가 한심하기 짝이 없는지 "물건 싸는 보자기 같은 거잖아, 이 드르릉아" 하며 끼어드는 언니.

"호수가 물어봤는데 왜 나한테 그래?"

"내 잘못이니까 싸우지 마."

호수는 언니와 내 분위기가 속닥속닥 조용히 험악해지자 파티의 주최 측답게 말리고 나섰다.

"맞아. 다 내 잘못이니까 나만 나가면 돼."

아저씨가 자리에서 일어났다.

일반적인 흐름이라면 이모가 여보 그러지 마요, 하고 말리거나 앉아서 먹기나 하라며 망신을 주거나 그런 차례였다. 그런데 이모는 한숨을 푹 쉬더니 젓가락 한 짝으로 동그랑땡을 푹 찍으며 말했다.

"그래, 가라 가!"

다음에는 같이

차세용이 일주일이나 결석했다. 굴을 잘못 먹어서 식중독에 걸렸다고. 먹기 싫은 굴을 할아버지 때문에 억지로 먹었다가 생고생을 한다며 억울해했다는데, 내가 보기에는 그것이 바로 정의의 심판이다(으하하하하!). 바람 잡는 차세용이 없으니 다들 새고방 사건과 범인을 잊어버렸다. 마침 스윈을 저만치 앞서가는 최정상 아이돌 그룹이 컴백해서 관심이 그쪽으로 쏠리기도 했고. 영향력이라고는 없는 나와 찬효가 대견하고 기특하다. 존재감 없는 우리 존재, 잘하고 있어!

금요일 점심 무렵, 비가 내리기 시작했다. 나를 돌아보는 소미에게 오케이 신호를 전송했다. 다희는 얘기를 듣더니 자기도 같이 부침개를 먹으러 가고 싶다고 했다. 그렇다면 오늘은 우리 집으로 그림 그리러 가기 전, 이모네 반찬 가게에서 먹방부터 찍는 일정이다.

종례 끝나자마자 할 일 앱에서 '소미랑 부침개 먹기'에 성질 급하게 완료 표시를 하는데 느릿느릿 가방을 싸는 찬효가 눈에 들어온다. 찬효는 차세용 무리에서 떨어져 나와 다시 혼자가 되었다.

"은율아, 가자!"

화장실에 갔던 소미와 다희가 교실 밖에서 나를 불렀다.

"넌 안 가?"

나는 찬효에게 물었다.

"지금 가려고."

찬효가 의자에서 일어나 가방을 멨다. 트리케라톱스 열쇠고리는 아직도 가방 안에 있을까. 아침에 현서의 프사를 보니 오늘의 입술은 핑크였다. 내 심장 부근이 환한 분홍색처럼 따뜻해졌다. 틴트 같은 거 신경 쓰지 않겠다고 결심했으면서도 마음의 온기가 싫지 않았다.

운동장. 나와 다희, 소미는 나란히 걸어가고 찬효는 두어 걸음쯤 떨어져 뒤따라온다. 교문 앞에 다다르자 찬효를 두어 걸음만큼 기다렸다가 물었다.

"부침개 먹으러 갈래? 부추 반 김치 반인데."

"나는, 오늘은 일이 좀 있어서."

"그래, 알았어."

오늘로 끝이 아니니까, 내일도 내일이 되면 오늘이니까 이쯤에서 물러난다.

모퉁이를 돌기 전 뒤돌아보니, 찬효의 노란색 우산이 빗속에 등불처럼 떠올라 있었다.

셋

우리, 팝샤빗!

우리,

현서야, 안녕. 메일은 처음이네.

벌써 2학기도 끝나 가는데 잘 지내고 있지? 그동안 연락 뜸했던 거 미안해. 너한테도 새 학교에서 적응할 시간이 필요할 거 같았어.

나도 몇 달 동안 이런저런 일을 겪었어.

새롭게 알게 된 사람이 많아. 음, 알고 있던 사람을 새롭게 알게 됐다는 뜻이야. '새롭다'란 '익숙한 것을 새로운 눈으로 본다'는 뜻일지도 모르겠어. 익숙한 그림자를 어느 날 문득 생각지도 못한 곳에서 발견하듯이 말이야.

눈을 뜨자 비바람 몰아치는 소리가 요란했다. 시간을 확인하니 10시. 결혼식은 정오다. 두 시간 동안 날씨가 생각을 고쳐먹으면 좋을 텐데.

귤이가 엉덩이를 내 얼굴로 향한 채 가슴팍에 올라와 있다. 매너가 꽝이다. 녀석을 이불 속에 파묻어 주고서 정면을 본다.

벽에 걸린 초상화, 다희의 작품이다.

커다란 윤곽이 한눈에 들어온다. 호수의 카톡 프사에 있던 그림자와 비슷한 실루엣이다(내가 눈치챘다는 걸 호수도 눈치챘는지 슬그머니 스케이트보드 사진으로 바꾸었다. 난 호수가 눈치챘다는 걸 모르는 척하는 중이고, 호수도 그런 나를 모르는 척하는 중. 인간이란 쓸데없이 복잡한 존재다). 윤곽 안에 최은율이 가득하다. 커나란 귀로 이야기를 듣는 최은율, 저 하늘의 연을 올려다보는 최은율, 떡볶이 먹는 최은율, 돌돌 말린 잎사귀로 돋아나는 최은율. 얼굴마다 여드름이 선명하지만 뭐, 인정. 현재는 여드르릉이 맞으니까. 이다음에 강하고 용감한 할머니가 되었는데도 여드름이 없어지지 않았다면 그건 그때 가서 다시 고민하기로 하고.

침대에서 일어나 기지개를 켰다. 돌돌 말린 새잎이 몸을 펼치듯 활짝.

'11시까지 나와. 늦지 마. 비 오니까 절대 늦으면 안 됨. 바람 맞으면 머리 다 죽음'이라는 호수의 카톡에 등 떠밀려 외출 준비를 시작한다. 옷장에서 짙은 색 청바지와 블라우스, 코트를 꺼냈다. 선생님 결혼식이니 교복을 입어야 한다, 교복 입고 갈 거면 안 가고 만다, 찬반 의견이 나왔는데 결과는 반대파의 대승이었다.

"갔다 올게! 좀 늦을 거야!"

작업실에 외치자 엄마가 닫힌 문 안에서 "잘 다녀와!" 대답했다.

엄마는 바쁘다. 진세란 글 그림, 역사적인 그림책이 내년 초에 나오기 때문이다. 다희의 그림 중에서 무엇을 넣을지도 정했다. 작품 밑에 홍다희라는 이름도 들어간다. 당연한 일인데도 다희는 로또라도 당첨된 듯 감격스러워했다.

2동 건물 앞으로 내려가자 호수가 기다리고 있다. 호수네가 혜성빌라로 이사를 가서 우리는 이제 복도 계단에서 접선은 못 한다. 엄마는 '언니 보고 싶어!' 징징대면서 이틀이 멀다 하고 이모네 반찬 가게로 간다. 이모뿐만 아니라 이모가 만드는 반찬도 그리운 듯하다.

"게임 하다 밤 새웠어?"

우산을 펼치면서 물었다. 호수는 말끔한 차림새였지만 눈 밑이 음침한 호수처럼 시커멓다.

"엄마 아빠가 영화를 너무 크게 틀어 놔서 잠 설쳤어."

"헐, 두 분 화해한 거야?"

"볼륨 키워 놓고 싸우던데. 그럼 안 들릴 줄 아나."

"아아."

우리는 아파트 단지를 걸어갔다. 5동과 8동 사이를 지나는데 비바람이 무시무시한 기세로 몰아쳤다. '너희가 결혼식에 무사히 가게 놔둘 성싶으냐!' 하는 강렬한 의지가 전해졌다. 나뭇가지와 모래알, 온갖 잡쓰레기가 우산에 달려들었다. 높은 건물과 건물 사이, 바람이 빠져나가는 통로라 더 그런 듯했다.

"홍쌤은 왜 이런 날 결혼을 하는 건데!"

"홍쌤이 날씨의 신도 아니잖아!"

내가 울부짖자 홍쌤 편을 드는 호수.

바람이 너무 세서 우산을 밑으로 내렸다. 바람을 막는 우산이 사라지자 오히려 앞으로 한 걸음씩 나아가게 된다. 내년에 최은율과 같은 반 되기 싫다던 메시지는 거센 바람이었을까, 아니면 바람을 막는 우산이었을까. 아무튼 난 앞으로 어떤 비바람이 쳐도 무시보다는 직시를 선택할 듯싶다. 몰아치는 비바람 때문에 화가 난다면 잠깐 우산을 내려놓은 채 빗줄기 속을 걸어 봐도 되지 않을까. 바람에 머리가 헝클어지고 옷이 비에 젖더라도 한 발짝씩, 한 걸음씩 내딛는 거다. 그렇게 생각하자 날씨의 신도 아니면서 하필 이런 날 결혼하는 홍쌤도 용서가 되었다.

다희가 초상화를 그려 줬거든? 원래는 너한테 보내려고 했는데 어쩐지 스토커 같아서 과뒀어. 방에 걸어 놓고 하루에도 몇 번씩 보면서 저게 나구나, 생각해. 밤마다 그림을 보며 오늘 나는 나와 잘 지냈나 되새겨 봐. 내가 나와 친하게 지내야 다른 사람들과도 친해지는 것 같아.

현서야, 네가 떠나고 나서야 알게 됐어. 나부터 먼저 나랑 친구가 되어 줘야 한다는 걸 말이야. 누가 뭐래도 난 날 가장 잘 아는 사람이잖아. 떼어 낼 방법 없이 딱 붙어 지내는 사이고. 언제나 내가 미치도록 좋지는 않겠지만 난 나랑 되도록 사이좋게 지내고 싶어. 그래야 조금씩 조금씩, 더 나은 사람이 될 수 있을 것 같아.

결혼식장에 도착할 즈음, 비는 그치고 바람이 더 강해졌다. 식장 안으로 들어가니 '신랑 홍강주, 신부 오영오'는 2층 목련홀에서 결혼한다고 적혀 있었다. 2층에는 새별중 학생들이 꽤 많았다. 결혼식 장소와 시간이 새고방에 유출되었기 때문이다(범인이 누구일까?). 그러자 홍쌤은 이렇게 된 이상 오는 사람은 막지 않겠지만 축의금을 10원이라도 내면 반드시 응징하겠다고 밝혔다.

"은율아! 나 잘 찍어 줘야 돼!"

저 끝에서 진아가 손을 흔들었다.

진아는 총 3회에 걸쳐 진행되는 새별중 학생들의 축하 공연에서 두 번째 순서, 스윈의 커버 댄스를 맡았다. 나는 그 모습을 폰으로 촬영해 주기로 했다.

결혼식이 시작되고 신랑 홍강주와 신부 오영오 입장. 새별중 학생들이 함성을 질렀다. 쌤 메이크업했다! 입술 반짝거리는 거 봐ㅋㅋㅋㅋㅋㅋㅋ 좀 전에 들었는데 쌤 결혼반지 안 갖고 왔대!ㅜㅜㅜㅜ 크헉 신부한테 맞아 죽는 거 아냐?ㅜㅜㅜㅜ

함성 사이로 ㅋㅋㅋ와 ㅜㅜㅜㅜ가 날아다녔다. 내 눈에는 신부가 홍쌤을 구타할 사람으로는 보이지 않았지만 홍쌤의 무사와 안녕을 빌 뿐이다.

드디어 축하 공연.

긴 노력과 인내 끝에 축하객들 앞에서 스윈 영업을 벌이게 된 진아가 팀과 함께 등장했다. 용후 담당은 말할 것도 없이 진아였는데, 용후 특유의 흐느적거리는 느낌을 살리려고 눈빛에서 힘을 풀고 골반을 헐거운 머플러처럼 아래로 늘어뜨렸다. 저건 커버가 아니라 오버 아닌가, 싶었지만 춤 실력은 수준급이었다. 솔직히, 멋졌다. 이번 영업은 효과 좀 보겠는걸.

"용후 맡은 애, 잘한다."

주변에서 웅성거리는 소리가 들려왔다. 왜 내 어깨가 으쓱해지지.

"어? 졸업생들도 왔나 보네."

스윈 팀이 들어가자 호수가 저쪽 자리를 보며 말했다.

"졸업생? 네가 졸업생을 어떻게 알아?"

"우리 가게 옆에 치킨집 있잖아. 그 집 딸이야, 미지 누나."

우리와 시선이 마주치자 그 언니가 사람들을 헤치고 다가왔다. 언니는 호수와 인사를 나누더니 물었다.

"홍쌤 요즘도 교복 입고서 담배 피우는 애들 잡으러 다녀?"

"아, 잠복 수사요? 가끔요."

"홍쌤도 진짜 끈질겨. 그럼 난 밥 먹으러 갈게."

언니는 다시 사람들을 헤치며 목련홀을 나갔다.

오늘의 정보, 결혼식장에는 다양한 사람이 온다.

팝샤빗!

진아 때문에 나도 스윈에 입덕까지는 아니고 한 발쯤 걸치게 돼 버렸어. 링크 걸어 줄 테니까 들어 봐. 난 '비슷해 보여도 똑같지는 않아'란 부분이 괜찮더라.

결혼식이 끝나고 밖으로 나가니 거센 바람 덕분에 보드를 타도 될 만큼 땅이 말랐다. 호수는 엘라가 팝샤빗 연습하는 걸 봐준다며 공원에 갔다. 나는 버스 정류장 앞에서 소미, 민준이를 기다렸다가 요양원 가는 버스에 올랐다. 요양원은 공원과 멀지 않다. 오늘, 민준이네 할머니를 면회하러 가서 같이 떡볶이를 먹기로 했다.

"그거 혹시 떡볶이야?"

민준이가 가져온 밥솥만 한 도시락을 보며 묻는 소미.

"응. 할아버지가 해 줬어."

"맛있겠다."

소미는 다이어트를 그만둔 뒤로 이것저것 조금씩이라도 맛보고 싶어 한다. 내가 폐업(혹은 휴업)한 동그라미 분식의 떡볶이를 먹으러 간다고 하자, 자기도 끼워 달라고 했다.

"할아버지가 떡볶이를 잘 만드셨을지 모르겠네."

자목련동 비호감도 17위쯤 되는 할아버지를 싫어해서가 아니라, 못 믿어서 하는 소리다. 동그라미의 요리사는 할아버지가 아니라 할머니였으니까.

"할머니한테 배운 대로 만드신 거야."

"그래도 음식은 손맛인데."

"요양원에서 요리는 안 된다는데 어쩌라고."

민준이가 짜증을 부리고 나서야 나는 입을 다물었다. 성적에도 불의에도 관대한 주제에 맛과 음식에만큼은 모든 감각의 모서리가 날카로워지고야 마니, 나도 참.

할머니는 휴게실에서 우리를 기다리고 계셨다. 살도 찌셨고 눈매는 예전보다 더 아득하다. 손자 민준이는 기억하시지만 단골인 나는 기억하지 못하신다. 그런가 하면 또, 떡볶이 맛은 정확히 기억하셨다. 할아버지가 만들었다는 떡볶이를 한 입 드시더니 이렇게 선언한 것이다.

"이게 아니야!"

내 입맛에 떡볶이는 '이게 아니야!'와 '이것도 맞나?'의 중간쯤이었다. 떡볶이를 종이컵에 몇 개 덜어서 먹어 본 소미는 '이것이야말로 그것이다!'인 모양이었다. 또 와도 되냐고 물어본 것을 보면 말이다.

"심심한데 나야 좋지."

할머니의 대답에 소미가 막 기뻐하려는 찰나.

"떡볶이는 갖고 오지 말고. 망할 영감탱이."

시무룩해지는 소미.

그제의 최은율과 어제의 최은율, 오늘의 최은율, 내일의 최은율과 모레의 최은
율은 아주 비슷하겠지만 똑같은 마음은 아닐 것 같아. 조금씩 살짝 다를 것 같
고, 그게 다 나일 것 같아.

내가 싫어하는 나도, 남이 좋아하는 나도, 내가 새롭게 알게 된 나도, 다 나야.

민준이, 수미와는 요양원 앞에서 헤어지고 공원으로 갔다. 보드 타는
소리가 들려왔다.

"은율아! 나 좀 봐!"

커다란 기물을 막 돌아선 참이었다. 엘라가 멀리서 나를 보고 손을 흔
들었다.

"잠깐만!"

나는 코트 주머니에서 폰을 꺼내 들었다.

하지만 엘라가 더 빨랐다. 엘라는 공중으로 뛰었고, 보드도 함께 튀어
올랐다.

발아래에서 앞뒤가 바뀌며 회전하는 보드. 엘라는 앞을 보고 있다.

엘라가 와삭 하고 쿠키를 베어 먹던 소리가 귓전에 울리는가 싶었는데
내 심장 소리였다. 나는 폰을 쥔 손에 힘을 주었다. 손가락 끝에서까지 심
장이 두근거린다.

보드가 바닥에 착 붙고 그와 동시에 보드 위로 착지하는 엘라.

성공이다!

우리는 모두 함께 와아아 소리를 질렀다.

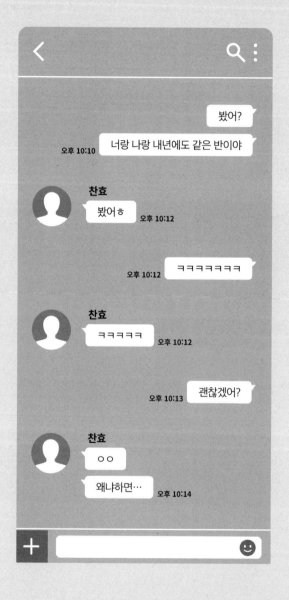

내가 나와
친구가 된다면

아래는 내가 과거로 돌아가 청소년 시절의 나 자신과 친구가 된다면 함께 해 보고 싶은 일의 목록이다.

- 날마다 떡볶이를 먹는다.
- 길고양이에게 밥을 준다.
- 뜨는 해와 지는 해, 반짝이는 별을 본다.
- 우스꽝스러운 안경테를 쓰고 자전거를 탄다.
- 눈 오는 날, 서로에게 조그만 눈사람을 선물한다.
- 운동장에 앉아 음악을 들으며 아무 생각도 하지 않는다.
- 우울한 날에는 "괜찮아, 이런 걸로 안 망해"라고 말해 준다.

어쩌면 나는 오래전의 나에게 해 주고 싶은 말을 소설로 쓰는지도 모르겠다. 그때 내가 하고 싶었던 일, 시간을 돌이켜 다시 느끼고 싶은 감정을 소설 속 인물에게 풍선처럼 쥐어 주고 싶어서 말이다.

이 소설을 읽은 여러분이 자기 자신과 가장 친한 친구가 되면 좋겠다. 그 친구와 하루하루 즐겁고 행복하게 살면 좋겠다. 그런 생각만 해도 내 마음은, 따뜻한 바람이 가득 찬 풍선처럼 하늘로 두둥실 떠오른다.